KB078263

그레이트 원

FUSION FANTASTIC STORY

천중화 장편 소설

그레이트 원 6

천중화 장편 소설

초판 1쇄 찍은 날 § 2014년 7월 15일
초판 1쇄 펴낸 날 § 2014년 7월 22일

지은이 § 천중화
펴낸이 § 서경석

편집부장 § 권태완
편집책임 § 박은정

펴낸곳 § 도서출판 청어람
등록번호 § 제387-1999-000006호
등록일자 § 1999. 5. 31
어람번호 § 제1-1895호

주소 § 경기도 부천시 원미구 부일로 483번길 40 서경B/D 3F (우) 420-822
전화 § 032-656-4452 팩스 § 032-656-4453
http://www.chungeoram.com
E-mail § chungeorambook@daum.net

ISBN 979-11-316-9119-9 04810
ISBN 979-11-5681-955-4 (세트)

그레이트 원
FUSION FANTASTIC STORY

천중화 장편 소설

6

청어람

Contents

그레이트 원

Great One

1장

통 큰 선물

둥둥둥!

방음장치가 잘된 한 평 남짓한 실내에서 남자 대학생 하나가 열심히 기타를 쳤다.

인테리어가 비슷비슷한 삼십여 개의 작은 방에서 학생들이 기타, 드럼, 피아노 등을 연습하고 있었다.

DBS 로고가 부착된 ENG 카메라 한 대가 음악 학원의 실내를 천천히 훑으며 지나갔다.

"안녕하세요! 안녕하세요! DBS 〈우스타〉 시청자 여러분!"

연필신이 마이크를 잡고 뛰어왔고,

"정말정말 오랜만에 뵙네요. 고품격 개그우먼 고대 나온 여자 연필신입니다."

천천히 음악학원 실내를 살폈다.

"어휴! 어떤 음악학원 같은데 학생이 너무 많아요. 수십 명의 학생이 이 방 저 방에서 악기 연습을 하고 있군요."

〈우스타 시즌1의 뒤안길〉에서 채나가 나오는 장면을 촬영하기 위해 〈우스타〉 스탭들에게 심야에 납치된 연필신이 특유의 구로동 껵다리 아줌마 걸음걸이로 실내를 걸어갔다.

신촌 따따블!

백 부장이 약속한 출연료 덕분에 바람처럼 신촌으로 달려왔다.

짭짤한 부수입을 올려준 채나에게는 짜장면 곱빼기를 사주기로 결심했고. 히히히!

"오늘은 〈우스타 시즌1의 뒤안길〉 그 마지막 순서의 주인공들을 모시도록 하겠습니다."

확실히 현재의 연필신은 행사 하나에 목숨을 걸던 과거의 연필신이 아니었다.

이제는 멘트 자체가 아주 세련되고 매끄러웠다.

"지금 제가 만나 뵈러 온 분은 〈우스타〉 시청자 여러분께서 한눈에 알아보실 수 있는 화려한 스타는 아닙니다. 어쩜 〈우스타〉를 쭉 지켜보신 분들만 이분을 기억하실 겁니다."

연필신이 음악 학원 연습실 문을 열고 들어갔다.

"하지만 우리 음악계에 가요계에 꼭 존재해야 될 분입니다. 대한민국 파워 드럼의 일인자! 서해대학교 실용음악과 박정훈 교수님을 모시겠습니다."

두두두… 둥둥둥!

백 키로가 넘을 듯한 거구의 사십 대 사내 박정훈이 헤어밴드를 두른 채 힘차게 드럼을 쳤다.

그리고 그 한편에서 유명한 베이시스트인 권순선이 합주를 했다.

"안녕하세요. 박 교수님! 너무 너무 열심히 연습하신다!"

"어이구, 어서 오세요! 필신 씨."

"오랜만에 뵙겠습니다. 저 권순선입니다. 베이스 치는……."

"네네! 그 유명한 베이시스트 권 원장님. 아주 잘 알고 있습니다. 그동안 두 분 어떻게 지내셨어요? 다음 주에 〈우스타 시즌2〉가 시작돼서 바쁘시죠?"

"아, 예! 덕분에 정신이 없습니다."

"아웅웅, 좋겠다, 박 교수님! 요즘 잘나가시나 봐? 이 학원도 학생들 무지 많아요!"

"껄껄! 그렇게 잘나가진 않습니다만 못 나가지도 않습니다."

"근데 이건 뭐예요? 교수님"

연필신이 음악실 한쪽에 쌓여 있는 현수막을 펼쳤다.

〈우스타 시즌1, 2〉에 출연하는 파워 드러머 박정훈 교수가 직강합니다.

이렇게 새겨진 현수막이었다.

"아이고! 딱 걸렸네. 내일 아침 학원 앞에 붙일 건데?"

박 교수가 얼른 현수막을 감췄다.

"흐흐흐! 학원 광고 현수막입니다. 나 이런 사람이다 하고 학생들에게 알리는 거죠."

권 원장이 기타를 내려놓으며 대답했다.

"히히! 이렇게 써 놓는다고 해서 선전이 될까요?"

연필신이 박 교수의 손에서 현수막을 낚아채며 말했다.

"됩니다. 그것도 많이 돼요. 요즘 친구들은 스펙을 엄청 따져요. 이 문구 보고 우리 학원에 등록한 친구들이 꽤 많습니다. 껄껄껄!"

박 교수가 연필신의 손에 들려 있는 현수막을 가리며 대꾸했다.

연필신이 정면의 카메라를 쳐다보며 말했다.

"시청자 여러분! 이 정도면 두 분 정체를 대강 짐작하셨겠죠? 그렇습니다! 두 분은 〈우스타〉에서 가수들이 노래할 때 열심히 반주를 해주시는 세션맨들, 〈우스타〉의 하우스 밴드!"

"드럼을 맡고 있는 박정훈입니다. 정식으로 인사드리겠습니다!"

"베이스를 치고 있는 권순선입니다. 저는 정식으로 인사드려도 잘 모르실 겁니다. 워낙 존재감이 희미해서……."

연필신이 소개를 시작하자 박 교수와 권 원장이 노련하게 말을 받았다.

"그럼 가만히 앉아 있어도 존재감이 막강한 박정훈 교수님께 여쭤보겠습니다. 실례지만 신체치수가 어떻게 되시나요?"

연필신이 미소를 띠며 박 교수에게 마이크를 댔다.

"험험! 185㎝에 128㎏입니다. 제발 왜 씨름선수나 유도선수를 하지 않고 드럼을 쳤느냐고 묻지는 마십시오!"

"왜 드럼을 치셨어요? 유도나 씨름 선수를 하시지 않고. 히히히!"

연필신이 작은 눈을 좁히며 개구쟁이처럼 질문했다.

"그냥 재미있더라구요. 우연히 중학교 때 친구 따라 음악학원에 갔었는데 드럼 치는 모습을 보니까 너무 멋있었습니다. 바로 어머님께 말해서 등록했죠!"

"권 원장님은?"

"하하! 저는 좀 늦게 배웠어요. 대학 일 학년 때 친구가 대학 가요제 나가 보자고 꼬셔서 그 친구한테 기타를 배우면서 시작했죠."

"그랬군요. 근데 음악하시는 분들 대부분 엄청 고생하신다는데 좀 뜨기 전까지는 수입도 몇 푼 안 되고, 두 분도 고생 많이 하셨죠?"

"뭐 저희야 지금은 좀 여유가 있는 편이지만 아직도 수많은 인디밴드 후배들은 지독하게 고생하죠. 대부분 최저 생계비도 벌지 못합니다."

"푸후! 아마 한 달에 50만 원 이상 버는 친구들이 별로 없을 겁니다."

"그렇군요. 정말 연예인의 한 사람으로서 가슴이 많이 아프네요."

연필신이 음울한 표정으로 고개를 끄덕였다.

이제 연필신은 감정까지 애드립으로 칠 만큼 세련된 MC였다.

인디밴드란 기존의 대중음악가들과는 달리 음악이 좋아서 독자적으로 연주나 노래하는 사람들을 말한다.

"이런 질문이 좀 이상할 수도 있지만 〈우스타〉에 출연하시면서 받은 개런티가 두 분께 많은 보탬이 되셨겠군요?"

"예! 엄청 도움이 됐습니다. 우리 애 엄마가 지금도 〈우스타〉를 연출하시는 백 부장님께 고마워합니다."

"어느 정도 받으셨는지 여쭤봐도 될까요?"

"저는 시즌1때 한 회당 기본 50만 원에 한 곡을 연주할 때마다 수당으로 5만 원씩 받았고요. 기름값하고 밥값으로 또 5만 원씩 주시더라구요."

"저도 똑같습니다."

"엄청난 개런티는 아니지만 결코 적은 액수도 아니군요."

"우리 밴드 하는 사람들 입장에서 보면 엄청 많은 액수죠. 무조건 금요일 날 방송사에 아침 일찍 출근하면 기본 50만 원은 받을 수 있고 리허설까지 하루 종일 연주하면 100만 원쯤 버니까 괜찮죠!"

"한 주에 수입이 이러니까 한 달이면 꽤 됩니다. 전 〈우스타〉 때문에 학원 차렸어요. 덕분에 인지도도 올라갔고. 정말 은인이에요."

바로 이 점이었다.

〈우스타〉 스텝들이 노린 포인트는 가수들이 아닌 무대 뒤편에서 박봉에 시달리며 고생하는 세션맨들의 삶을 〈우스타 시즌1의 뒤안길〉을 통해서 보여주고자 했다.

결정적으로 채나가 그것을 원했기 때문이었고!

"컷!"

〈우스타〉 책임 PD인 백 부장이 손을 들었다.

"세 분 수고하셨습니다. 장소를 옮겨서 계속 가겠습니다."

우르르르!

ENG 카메라를 든 카메라 감독과 조명 감독이 재빨리 실내를 빠져나갔다.

"필신 씨! 박 교수님하고 얘기할 때 되도록이면 어깨에 힘을 주고 몸을 크게 만들어봐. 박 교수님이 체격이 좋으셔서 필신 씨가 너무 왜소해 보여."

"히히히! 이렇게요?"

백 부장의 주문에 연필신이 양쪽 어깨를 벌리며 코믹한 동작을 취했다.

"하하하!"

백 부장과 박 교수 등이 웃음을 터뜨렸다

"자! 모두 지하실로 갑시다."

백 부장과 연필신 등이 홍대 입구에 있는 '신촌 대중음악학원' 지하실로 내려갔다.

환하게 조명이 밝혀진 넓은 음악실에 기타, 드럼, 피아노, 오르간 등이 놓여 있었다.

한 손에 원고를 든 연필신과 박 교수, 권 원장이 앉아 있었다.

반짝! ENG 카메라에 붉은 불이 들어왔다.

"큐!"

백 부장이 쭈그려 앉아 사인을 냈다.

"음… 알겠습니다."

연필신이 미소를 띤 채 멘트를 시작했다.

"이왕 〈우스타〉 얘기가 나왔으니 채나 씨, 김채나 씨 얘기를 안 꺼낼 수가 없겠네요. 박 교수님이 불편하시면 다른 질문으로 넘어가겠습니다."

〈우스타〉 시청자들에게 알려지지 않았던 외계인 가수 김채나의 뒷얘기.

〈우스타 시즌1의 뒤안길〉의 하이라이트 부분이 시작됐다.

"어이구, 무슨 말씀을? 사실 저는 이런 기회가 오길 기다렸습니다. 필신 씨처럼 오해하고 계신 분이 많은 것 같아서 제가 확실히 밝히고 싶었거든요."

박 교수가 한손을 휘저으면서 말을 받았다.

"그 사건이 터진 게 〈우스타〉 결선 7라운드 중평 때였죠, 아마?"

"맞습니다! 제가 실력이 없어서 〈우스타〉 하우스 밴드에서 잘리고 대신 당대 최고의 드러머라는 고종천 교수님이 오셨었죠."

"그래요. 그때 현장에 제가 있어서 내막을 확실히 알죠. 고종천 교수님은 한 주도 녹화하지 못하시고 그냥 돌아가셨고 박 교수님이 다시 나오셨죠?"

"예! 바로 이 자리입니다. 7라운드 첫째 주가 끝나고 잘렸을 때 속상해서 이 연습실에서 살았죠. 일주일 동안 드럼만 죽도록 치면서!"

ENG 카메라가 드럼을 잠깐 클로즈업시킨 뒤 기타 등의 악기를 훑어가며 천천히 촬영했다.

"김채나 씨가 난리를 피운 날 저녁에 백 부장님하고 제가 이 학원으로 달려와서 정훈이, 아니, 박 교수님하고 소주 한잔하면서 다 털어버렸습니다. 이 친구도 그렇게 속이 좁은 사람은 아니거든요!"

"솔직히 사회가 다 그런 거 아닙니까? 1등 하는 사람만 살게끔 돼 있죠. 고종천 선배님 실력이야 대한민국 원톱이라는 것을 뮤지션들이 다 인정하는 바고! 전 겨우 5등, 6등 정도니 잘려도 특별히 할 말이 없는 상황이었습니다."

"그럼 그날 저녁에 김채나 씨도 같이 자리했나요?"

"그때 진짜 뵙고 싶었지만 숙녀분이잖아요? 어떻게 밤 2시에? 말이 안 되죠."

"그럼 김채나 씨를 언제 만나셨어요?"

"그다음 날 중평 녹화 때 뵀죠!"

"김채나 씨가 뭐라고 하던가요."

"그냥 딱 한마디 하시더라구요. '하마 오빠 왔네' 이렇게요!"

"히히히, 역시 채나 씨다워요. 그 난리를 치고서 '하마 오빠 왔네' 하고 끝!"

연필신이 웃으면서 채나 목소리를 흉내 냈다.

"사실 제가 여러 인터뷰에서 어떤 말도 하지 않은 것은 제 말이 와전돼서 혹여 채나 씨에게 불이익이 돌아가지 않을까 해서였습니다. 아시다시피 이 연예계라는 동네가 만만치 않거든요."

"채나 씨 덕분에 이 박 교수가 전 국민이 다 아는 하마 오빠가 되지 않았습니까?"

"이제 '파워 드러머 하마 오빠' 하면 전국에서 먹어줍니다 껄껄!"

"두 분 표정이나 말투에서 보면 김채나 씨를 은근히 존경하시는 것 같은데요?"

"은근히가 아니라 무지하게 존경합니다. 저희보다 훨씬 후배 뮤지션이지만 정말 존경합니다."

"진짜 채나 씨처럼 행동하기 쉽지 않거든요. 누가 자신과 아무 관계도 없는 연주자를 그렇게까지 챙겨주겠어요. 전 두 번 죽었다 깨어나도 채나 씨처럼 행동하지 못합니다. 더욱이 고종천 선배님은 채나 씨 노래를 더 살려주기 위해서 오신 거였잖아요?"

박 교수와 권 원장이 연신 채나에 대한 찬사를 늘어놓았다.

"그냥 한 방에 날려 버리더라구요! '하마 오빠 데려와! 나안 해 10+8' 욕도 얼마나 리드미컬하게 잘하는지…….."

"하하하하!"

연필신이 너스레를 떨자 촬영을 지켜보던 백 부장까지 웃어댔다.

채나와 가장 가까운 친구, 연필신이었기에 칠 수 있는 멘트였다.

백 부장이 따따불의 출연료를 약속한 이유였다.

"그럼 잠깐 질문을 바꿀까요? 채나 씨가 타의든 자의든 7라운드를 마치고 〈우스타〉에서 하차하셨잖아요? 그 점에 대해서는 어떻게 생각하세요?"

"전 개인적으로 채나 씨한테 엄청난 신세를 진 사람이지만정말 잘 하차하셨다고 생각합니다.

"뜻밖인데요. 이유는요?"

"이런 비교를 하면 어떨지 모르겠는데 뭐 〈우스타〉에 출연하는 뮤지션들도 다 인정하는 부분이니까 말씀드리겠습니다. 프로기사(棋士)인 이창호나 이세돌 구단이 동네 기원에가서 이삼 급 되는 기사들과 바둑을 두면 게임이 될까요?"

"그렇습니다. 채나 씨는 이런 동네에 계시면 안 돼요. 세계무대에 나가서 톱 뮤지션들과 경연을 해야 합니다."

"필신 씨도 잘 아시지만 채나 씨 특유의 버릇이 있잖아요.

리허설 시간이 되면 먼저 육성으로 한 곡조 뽑는 것!"

"그때 다른 가수들은 완전히 기가 죽습니다. 그냥 아웃이에요! 도저히 같이 겨룰 용기가 나지 않거든요."

"〈우스타〉 시즌1 결선 8라운드부터 지금까지 보세요. 여섯 명의 뮤지션이 얼마나 치열하게 경연을 합니까? 자기들끼리 붙으면 충분히 경쟁이 되거든요. 흥미도 있고! 채나 씨가 끼면 상대적으로 다른 뮤지션들이 모조리 죽습니다. 다른 분들도 한 수 하시는 분인데 채나 씨하고 같이 무대에 오르면 왠지 쪽팔린대요. 무진장 노래를 못하는 것 같구……."

"히히히! 채나 씨는 평생 국내에서는 경연에 참여하지 못하겠군요?"

"당연하죠! 누가 채나 씨랑 경연을 해요? 그리고 누가 채나 씨를 평가하죠? 채나 씨는 이미 빌보드 차트를 점령하면서 세계적으로 공인받은 뮤지션이에요. 마이클 잭슨이나 머리어 캐리 등과 동급이죠!"

"전 개인적으로 채나 씨가 세계 일인자라고 생각합니다. 마이클 잭슨이나 머리어 케리는 휴머니티가 없거든요. 채나 씨는 인간적인 매력이 넘치는 배고픈 사람 사정을 알아주는 그런 뮤지션이에요."

"히히히! 두 분 말씀 잘 들었습니다. 이쯤에서 두 분 모두 유명하신 아티스트들이니까 시청자들을 위해서 연주를 좀 부탁해도 될까요?"

"아예! 당연히 해 드려야지요. 근데 보컬이 없어서 심심하지 않겠습니까? 아무래도 보컬이 있어야……."

"제가 노래를 하면 어떨까요? 저도 나름 신의 한 수가 있습니다."

"껄껄껄! 그렇게 하시죠. 필신 씨도 노래를 무척 잘하시더라구요."

"농담이었습니다. 대한민국에서 먹어주는 아티스트 두 분께서 연주를 하시겠다니 노래를 아주 쪼끔 하는 제 친구를 모셔서 보컬을 맡기겠습니다. 바로 이분입니다.

"컷! 다시 장소를 옮겨서 촬영 하겠습니다. 그리고 필신 씨는 채나 씨 얘기를 좀 더 해주세요."

백 부장이 촬영을 중지시켰다.

"아후, 정신없어! 원래 음악 학원은 이렇게 시끄러운 거야? 야, 필신아! 하마 오빠 어딨냐?"

채나가 특유의 건들거리는 걸음으로 저편에서 걸어왔다.

백 부장과 함께 카메라 세 대가 채나를 촬영하면서 쫓아왔다.

"……!"

박 교수와 권 원장이 입을 딱 벌렸다.

"히히히, 여기 계셔. 이 방으로 들어와!"

연필신이 자리에서 일어나 연습실 문을 열면서 대답했다.

"거기구나?"

채나가 방으로 들어가고 박 교수와 권 원장이 엄청 놀란 표정으로 엉거주춤 악수를 했다.

"채, 채나 씨가 여기까지 웬일로?"

박 교수가 얼떨한 표정으로 물었다.

박 교수와 권 원장은 촬영에 들어가면서 〈우스타 시즌1의 뒤안길〉의 테마에 대해서는 들었지만 채나가 온다는 얘기는 듣지 못했다.

백 부장이 리얼리티를 위해서 숨겼던 것이다.

툭! 채나가 박 교수의 어깨를 가볍게 쳤다.

"옛날에 여기 놀러오라 그랬잖아? 근처에 짜장면 잘하는 중국집이 있다며."

"껄껄껄! 짜장면 얻어먹으러 오셨군요?"

"겸사겸사!"

털썩!

채나가 의자에 앉자 연필신이 자신도 모르게 물이 담긴 컵을 공손하게 내밀었다.

채나가 가볍게 받았다.

확실히 이 시키는 가수나 배우가 아냐!

누리꾼들 말대로 전 세계 맞짱의 일인자, 살벌한 싸움꾼이라는 말이 맞아.

옆에 있기만 해도 이 시키는 보스, 나는 꼬마가 된단 말야!

연필신이 고개를 갸우뚱했다.

"하마 오빠!"

"예! 채나 씨."

나뿐 아니야.

저 오빠들도 쩔쩔 매잖아.

한쪽은 하마 오빠, 하마 오빠하며 막말 트는데 저 오빠들은 허리를 연신 접으며 채나 씨, 채나 씨…….

연필신은 죽을 때까지도 몰랐다.

이 지구상에서 가장 강한 고수!

채나는 인간이 상상할 수 있는 세월 이전부터 존재했던 중국 고대무술의 조직인 선문의 98대 대종사였다.

"나 곧 앨범 작업 들어갈 거야. 하마 오빠가 애들 좀 데리고 와서 세션 좀 해."

"아, 예! 드디어 본격적으로 작업 들어가시는 겁니까? 좋죠! 언제든지 전화주세요. 즉시 달려가겠습니다. 우리 아버님이 돌아가셔도 가겠습니다."

"저도 참여하는 겁니까? 채나 씨!"

탁! 채나가 볼펜을 권 원장에게 던졌다.

"당연하지. 천하의 권순선이가 안 오면 어떻게 해?"

"우하하하! 천하의 권순선이요? 채나 씨가 그렇게 말씀해 주시니까 정말 기분 좋은데요. 진짜 천하를 다 얻은 기분이에요."

저 정도면 문제 있다.

이 두 사람의 뮤지션은 드럼과 베이스 쪽에서 우리나라 정상을 다투는 막강 실력자고 나이도 사십이 훨씬 넘었다.

근데 채나는 꼬마 다루듯 하고 또 상대방은 좋아라한다.

연필신에게 채나는 귀여운 때지 친구였지만 여전히 이해할 수 없는 외계인이었다.

"배고프다. 하마 오빠. 짜장면 좀 시켜봐."

"예예! 잠깐만 기다리세요. 채나 씨.

"하아, 어떡하죠? 지금은 바빠서 배달이 안 된답니다. 직접 가시지요."

"우씨─ 이 짱깨들이 진짜 배가 불렀어?"

채나가 자리에서 벌떡 일어섰다.

채나는 그렇게 갔다.

〈자금성〉이란 중국집에서 간짜장 곱빼기와 탕수육 등을 얻어먹고!

소화제로 노래 한 곡하고!

〈우스타 시즌1의 뒤안길〉이란 제목으로 전국에 방영된 이 다큐프로는 〈우스타 시즌1〉에 출연해서 명퇴를 했던 가수들 세 명을 찾아가서 인터뷰를 했다.

그 장면을 한 주에 하나씩 내보냈고.

채나가 나온 장면은 채나가 명퇴 가수도 아니고 중도 하차 했음에도 불구하고 맨 마지막에 짜장면 먹는 시간까지 합쳐 서 무려 한 시간 반, 90분짜리로 편집되어 방영됐다.

경악할 일은 채나가 한 일이라고는 간짜장 곱빼기 한 그릇 먹고 딱 노래 한 곡 한 것밖에 없었는데 시청률이 무려 45%를 때렸으니!

정말 가공할 인기였다.

곧 바로 백 부장은 〈우스타〉 홈피를 통해 공지 하나를 살 짝 띄웠다.

한미수교 100주년을 기념하는 뜻에서 〈우스타 시즌1〉에 출연했던 멤 버들과 〈우스타 시즌2〉에 캐스팅된 멤버들이 한가위를 전후해서 미국 LA에 날아가 재미교포 위문을 겸한 〈우스타 레전드 공연〉을 펼칩니다.

〈우스타〉 팬 여러분의 많은 응원 부탁드립니다.

시청자들은 열광했다.

시청자들의 관심사는 딱 하나였다.

〈KK팝〉과〈블랙엔젤〉에 출연해 대한민국을 휩쓰는 슈퍼 스타 김채나!

그녀가 〈우스타 시즌1〉에 출연해 8라운드를 앞두고 압력에 의해 하차했던 그녀가 다시 〈우스타〉 팀에 합류할 것인가?

불구대천지 원수(?) 〈우스타 〉 스탭들과 같은 비행기를 타고 LA로 갈 것인가?

하루에도 수천 통씩 DBS에 문의가 왔지만 DBS의 대답은 한결같았다

아직 확정된 멤버는 없습니다. 김채나 씨도 예외는 아닙니다. 뭐 〈우스타 시즌1〉에서 열심히 활동하셨고 또 평소 성품이 의리를 중시하시는 분이니 가시지 않을까요?

아주 애매모한 대답이었다.

기획 단계부터 채나의 허락(?) 속에서 시작한 〈우스타 레전드 공연〉이었지만 지속적인 관심을 끌기 위한 낚시용 대답이었다.

사실 시청자들도 〈우스타〉 스탭과 채나가 어느 정도 짜고

치는 고스톱이라는 것을 감지하고 있었다.

목적지 선정부터 속이 빤히 보였기 때문이다.

아니, 미국 LA 교포만 교폰가?

중국도 있고, 일본도 있고 호주, 영국, 프랑스, 브라질…….

도대체 한국 사람들이 살지 않은 나라가 어디 있단 말인가?

근데 하고 많은 장소 중에서 하필 미국의 LA?

채나의 고향이 미국 LA라는 것은 대한민국 사람 전체가 알았다.

그래도 시청자들은 좋아했다. 아니, 당연하게 받아들였다.

그렇게라도 해서 채나를 무대 위로 끌어내고 채나의 노래를 한 번이라도 더 듣고 싶어 했다. 병원에 실려 갈 때 실려 가더라도.

어쨌든 〈우스타 시즌1의 뒤안길〉과 〈우스타 레전드 공연〉은 식어 가던 〈우스타〉에 대한 관심을 붙잡는 데 성공했다.

백 부장을 국장으로, 전 PD를 차장으로 밀어 올리는 데 결정적인 공을 세웠고!

*　　　*　　　*

새색시가 예쁘지 않으면 과부란 말이 있다.

그만큼 새색시는 모두 예쁘다는 말이다.

황금빛 한복을 곱게 차려입은 서화선 경위는 전국의 수재 중에 수재가 모인다는 국립 경찰대학 출신으로 서울시 영등 포 경찰서 정보과 정보계장으로 근무하는 경찰관으로 올해 꼭 스물여섯 살인 새색시였다.

일주일 전에 결혼식을 마치고 3박 4일의 신혼여행을 다녀 와 고향인 남해에 내려가 친정과 시댁 어른들께 인사를 하고 친구들과 함께 하루를 보낸 뒤 서울로 올라오는 길이었다.

늘씬한 몸매에 오뚝한 콧날, 특히 초롱초롱한 눈망울은 서 화선 경위가 미모를 겸비한 재원이라는 것을 아주 잘 보여줬 다.

오늘처럼 한복까지 곱게 차려입으니 경찰이 아니라 바로 탤런트였다.

지금 삼십 센티쯤 튀어나온 저 입술만 빼면 말이다.

부우우웅!

멋진 은채색 양복을 걸친 채 열심히 운전을 하고 있는 김용 주 경감 역시 신부인 서화선 경위의 신랑답게 준수했다.

선이 굵은 이목구비와 시커먼 구레나룻은 남성미를 물씬 풍겼다.

한데, 지금 김용주 경감의 코에서는 하얀 연기가 계속 뿜어 져 나왔다.

이 신혼부부는 사흘 전부터 냉전 중이었다.

부우웅― 끽!

김용주 경감이 신혼집인 신도림동 대우아파트 109동 앞 주차장에 자동차를 내팽개치듯 주차시켰다.

뒤이어 짜증스럽게 트렁크를 열어 서너 개 가방을 주섬주섬 꺼내 어깨에 메고 109동 1, 2호 라인 앞으로 걸어갔다.

한 시간 전만 해도 코에서만 뿜어지던 하얀 연기가 이제는 귀하고 눈에서도 쏟아지고 있었다.

서화선 경위 또한 삼십 센티쯤 튀어나와 있던 입술을 십 센티쯤 더 키운 채 한복 치마를 찬바람이 나도록 감아쥐며 김용주 경감의 뒤를 쫓아갔다.

쾅!

대우아파트 109동 601호의 대문이 부서질 만큼 요란하게 닫혔다.

김용주 경감이 넥타이를 풀어 던졌다.

서화선 경위가 소파에 주저앉으며 창밖으로 눈을 돌렸다.

"야― 서 경위! 서화선! 너 도대체 왜 그래? 왜 그러는 거야?"

김용주 경감이 거실 바닥에 주저앉으며 벽력같이 소리를 질렀다.

"……!"

서화선 경위가 지지 않고 김용주 경감을 째려봤다.

"뭐가 그렇게 못마땅해서 우리 어머니 아버지한테까지 툴툴대는 거야? 하루 종일 인상이나 쓰고 앉아 있고 말야? 내가 서 선생님, 아니, 장인어른이나 장모님 앞에서 인상을 쓰면 넌 좋겠어?"

김용주 경감은 어릴 때부터 지금까지 엄한 할아버지와 부모 슬하에서 커 왔기에 어른들을 공경할 줄 알았다.

덕분에 요즘 세대들과는 많이 다르게 예의범절을 따졌다.

"오빠! 나 사랑하는 거 맞아?"

"뭐, 뭐야? 너 지금 그걸 말이라고 하는 거야? 그럼 내가 너를 사랑하니까 결혼했지, 미워하는데 결혼했겠냐? 이 멍충아!"

"근데, 왜 나를 속였어? 왜 사촌 큰아가씨! 그 유명한 김채나 씨 얘기를 한마디도 하지 않은 거야? 나한테 한 마디로 안 했잖아? 할아버님부터 아버님 어머님도 누구도 나한테 말하지 않았어! 오빠 사촌 여동생이 김채나 씨라고 누구도 말하지 않았다구. 집안 어른들조차!"

"......!"

서화선 경위가 김용주 경감을 째려보며 빽 소리 쳤다.

"형제가 많아서 잊어버렸다고 말하지 마! 오빠 동생 용순이가 내 동생 친구야. 오빠네 집 젓가락 숫자까지 다 알고 있어. 딱 하나 김채나 씨만 빼고 말야."

"어떻게 채나가 내 동생이라는 것을 알았냐?"

"열 받아서 오빠 신원 조회해 봤어! 내 신분증 집어넣고."

"참 자알 하는 짓이다! 경찰 마누라가 경찰 남편 신원조회나 하고?"

"난 정말 분해! 내가 김채나 씨 광팬이라는 거 알지?"

"됐어! 잠깐 기다려."

김용주 경감이 결심한 듯한 손을 번쩍 들고 옆방으로 건너갔다.

김용주 경감과 서화선 경위는 아버지들이 초등학교 동창으로 아주 친한 친구였다.

덕분에 이 부부는 어릴 때부터 잘 알고 있었고 경찰대학의 선후배로 만나면서 더욱 가까워져 사랑을 키워오다가 일주일 전 결혼에 골인했던 것이다.

당연히 서로의 집안에 대해서는 서화선 경위 말대로 젓가락 숫자까지 알고 있었다.

한데, 이틀 전 서화선 경위가 아버지인 서 선생과 축의금 문제를 얘기하다가 우연히 채나가 김용주 경감의 사촌 여동생이란 것을 알고 화가 났던 것이다.

김용주 경감의 집안에서는 누구도 채나의 존재에 대해 서화선 경위에게 얘기해 준 사람이 없었기에!

"너무 오래된 신문이라서 잘 보일지 모르겠다. 아무튼 읽어봐!"

김용주 경감이 누렇게 바랜 신문 한 장을 서화선 경위에게 던졌다.

재미 과학자 김철수 박사 일가 피살!
동생인 국제변호사 김영수 교수와 막내딸 김채린 양이……
뉴욕 한 빌딩의 지하 주차장에서 총에 맞아 살해……

"……!"

신문을 읽던 서화선 경위가 눈이 커진 채 김용주 경감을 쳐다봤다.

"이른 봄으로 기억되는데 초등학교 때였을 거야? 밤에 우연히 할아버지 방을 지나오는데 할아버지가 그 신문을 보시면서 대성통곡을 하시더라구. 그리고 얼마 지나지 않아서 알았어. 당신 큰아들이 김철수 박사고 둘째 아들이 김영수 변호사, 우리 아버지가 막내라는 사실을!"

"그, 그럼 채나 씨가?"

"그래! 김영수 변호사님의 큰딸이야. 용호 형이 김철수 박사님 아들이구."

"피살되신 분… 돌아가신 분의 딸이라서 말씀을 하지 않으

통 큰 선물 33

셨구나?"

"뭐, 채나는 용호 형처럼 국내에 사는 것도 아니고 미국에서 살다가 가끔 한국에 다녀갔으니까! 특히 할아버지께서 일체 말씀을 안 하시니 우리 집안에서는 금기 아닌 금기가 됐지."

"더욱이 그 사건이 있은 뒤 얼마 되지 않아 할머니와 큰어머니가 충격을 이기지 못하고 연달아 돌아가셨어. 이 해에 우리 집안사람 다섯 명이 죽었고 장례만 세 번을 치렀어!"

"어머머— 세상에? 세상에? 어, 어떻게 그런 일이 벌어질 수 있지?"

서화선 경위가 너무 놀라 어쩔 줄을 몰랐다.

"너도 가만히 생각해 보면 어렴풋이 기억이 날 거야. 남해군이 떠들썩할 만큼 엄청난 일이었으니까. 장인어른이신 서 선생님 또한 우리 집에서 살다시피 하셨고!"

"……!"

정녕 무서운 일이었다.

한 집안에서 몇 달 사이에 다섯 명이 죽어 나갔다면 그 집안은 저주받은 집안이라고밖에 달리 표현할 길이 없다.

이런 불행한 가문의 비사(悲事)를 누가 입에 담으려 하겠는가?

서화선 경위는 따지기 좋아하는 자신의 성격이 오늘처럼

원망스러운 적이 없었다.

"……."

김용주 경감이 묵묵히 누렇게 바랜 신문을 쳐다봤다.

"미안해, 오빠! 난 정말 섭섭했어. 내가 뭘 잘못해서 왕따 시키는 건가 하는 생각도 들고……."

서화선 경우가 진심으로 사과를 했다.

"괜찮아! 내가 네 입장이었어도 섭섭했을 거야. 나도 몇 번 네게 이 얘기를 하려고 하다가 좋은 얘기도 아니고 해서 말을 안 했어."

"정말정말 미안해, 오빠! 난 진짜 채나 씨가 우리 사촌 아가 씨라는 사실을 알고 만세를 몇 번이나 불렀는지 몰라. 근데 어른들도 오빠도 얘기를 안 해줘서 당혹스러웠어. 그래서 여기저기 뒤져서 확인을 했고!"

"어떻게 알았든 알았으면 됐지 뭐! 집에 전화 드리고 나가서 맥주나 한잔하자."

"응! 오빠."

일 미터쯤 튀어나왔던 서화선 경위의 입술이 본래 크기인 일 센티미터로 줄었고 하얀 아지랑이가 뿜어져 나오던 김용주 경감의 코와 눈도 정상으로 돌아갔다.

김용주 경감과 서화선 경위가 언제 싸웠냐는 듯 커플 티를 걸치고 다정하게 팔짱을 낀 채 치킨과 생맥주를 파는 〈볼리

비아〉라는 가계에 들어갔다.

서화선 경위가 핸드백에서 〈福〉자가 화려하게 새겨진 큼직한 붉은색 봉투 하나를 꺼냈다.

"읽어 봐, 오빠! 맨 처음 이 편지 때문에 채나 씨가 우리 큰아가씨라는 것을 알게 됐어."

서화선 경위가 500㏄ 맥주잔을 들고 있는 김용주 경감에게 하얀 종이 한 장을 건넸다.

저희 새언니를 훌륭하게 키워 주시느라고 정말 고생 많이 하셨어요.

직접 찾아뵙고 인사드리는 게 예의인 줄 알지만 제가 외국에 나와 있어서 식장에도 가보지 못하네요.

감히 외람되게도 두 분 사돈어른께 인편으로나마 축의금을 좀 보냅니다.

사돈어른 차도 바꾸시고 예쁜 옷도 한 벌씩 해 입으세요.

새언니 데려가면 맛있는 것도 사주시구…….

빠른 시간 내에 찾아뵐게요.

김채나 배(拜)

"채, 채나가 결혼식장에 왔다 간 거야?"

김용주 경감이 화들짝 놀랐다.

"아냐! 채나 씨, 아니, 큰아가씨 지금 베트남에 있어. 〈블랙엔젤〉 촬영 중이라구."

서화선 경위가 채나교의 광신도답게 채나의 스케줄을 꿨
다.

"그럼 이 편지는 뭐야? 아차차! 인편으로 보냈다고 했지!"

"후우! 그리고 봉투 속에 든 돈 세어봐! 큰아가씨가 보낸
축의금이야."

서화선 경위의 목소리가 아까 냉전 중일 때의 톤으로 되돌
아갔다.

"자식이 무슨 축의금을… 오, 오천만 원이야?! 이거??"

봉투 속에서 수표를 꺼내 세어보던 김용주 경감이 말을 더
듬었다.

"응! 그 축의금 때문에 우리 집안이 발칵 뒤집혔어. 아빠
엄마는 완전히 큰아가씨를 무슨 부처님처럼 여겨. 축의금 액
수도 액수지만 사돈아가씨 생각이 얼마나 깊고 넓으면 사돈
인 우리 집까지 축의금을 보내냐구? 입에 거품을 물고 칭찬
하시더라구!"

"그럴 만도 하시지 뭐! 대부분 사람이 한쪽 집안에 축의금
을 보내지 누가 양쪽에 다 보내? 근데 얘는 아무리 세계적인
스타고 돈을 많이 번다고 해도 그렇지 무슨 축의금을 5,000만
원씩이나 보내? 장인, 장모님도 그래. 예금해 놓고 당신들 용
돈……."

"오빠, 경찰 맞아? 경찰대학 출신 맞냐구? 오빠는 이래서 안 돼!"

서화선 경위가 김용주 경감을 구박하며 말을 잘랐다.

"……?"

"큰아가씨가 보낸 편지 중간에 밑줄 쳐진 거 안 보여?"

"밑줄? 외람되게도 두 분 사돈어른께… 이 문장 말야? 진짜 이상하네. 왜 편지에 붉은 줄이 쳐져 있지?"

김용주 경감이 경찰답게 편지에 쳐진 밑줄에서 뭔가 의문을 느끼며 심상찮은 사건이 시작되고 있음을 깨달았다.

"그래! 그럼 우리 결혼식 때 들어오는 축의금, 지난번에 양가 부모님과 함께 모였을 때 어떻게 나누기로 결정했어?"

"장인어른께서 정색하고 말씀하셨잖아? 아무리 부모자식 간이라도 돈 문제만큼은 깨끗해야 된다고! 곧바로 우리 아버지가 판사처럼 결정하셨고!"

"어떻게?"

확실히 이 신혼부부는 경찰관이었다.

질의와 응답을 통해 토론하듯 문제를 풀어갔다.

"우리 형제나 친구 동료들이 주는 축의금은 우리 몫이고, 부모님 형제나 친구 동료들이 주는 축의금은 무조건 부모님 몫이다! 이렇게 말씀하셨지."

"그럼, 채나 씨, 아니, 큰아가씨는 누구 형제야? 오빠 동생

맞지? 사촌 큰여동생!"

"당연하지 바보야! 아까 얘기했잖아?"

"푸우우우우— "

갑자기 서화선 경위가 맥줏집이 떠나갈 만큼 크고 길게 한숨을 쉬었다.

"근데 말야, 오빠? 우리 엄마 아빠는 큰아가씨가 당신들께 보낸 축의금이니까 당신들께 권리가 있대. 남해여고 국어 선생님이신 아빠가 아가씨가 보낸 편지에 밑줄까지 치시면서 설명을 하더라구!"

"큭큭! 그래서 사돈어른께라는 문장에 밑줄이 쳐져 있었구나? 당신들의 권리를 강조하기 위해서!"

김용주 경감이 벌컥벌컥 생맥주를 들이켰다.

"아아아니, 근데? 5,000만 원이 전부가 아니었어? 이, 일억을 보낸 거야? 채나가 일억을 보낸 거야??"

김용주 경감이 어떤 생각이 떠올랐는지 눈을 축구공만 하게 뜨며 황급히 물었다.

"드디어 광산 김씨 가문의 선비이신 김용주 경감님의 머리가 깨셨구만!"

"진짜 1억 원을 보냈어? 진짜?"

김용주 경감이 황급히 확인 작업에 들어갔다.

1억이면 서울에 있는 13평짜리 주공 아파트 한 채를 살 수 있는 큰돈이었다.

지금 김용주 경감 부부는 대출까지 끼고 5,000만 원짜리 전세로 이 신혼집을 마련했다.

1억을 보태면 이 아파트를 사고 세금까지 충분히 낼 수 있는 금액이었다.

"몰라! 확인할 길이 없어. 엄마는 살짝 웃기만 하시고 아빠는 묵비권이야. 내가 서울에 올라간다니까 아빠가 나 잠깐 보자고 하시더니 큰아가씨가 보낸 봉투를 주시더라고. 돈 5,000만 원과 함께!"

서화선 경위가 몹시 억울한 듯 씩씩댔다.

"......!"

"난 수사기법을 써서 아빠한테 넘겨 집고 항의를 했어. 왜 지난번에 결정한 대로 하시지 않냐구? 큰아가씨는 분명 오빠의 형제니까 오빠나 나한테 큰아가씨가 준 축의금을 모두 줘야 되지 않냐구!"

"그, 그랬더니? 아참! 장인어른 차 바꾸셨던데? 꽤 비싼 차야! 채나가 준 축의금으로 바꾸셨나?"

김용주 경감이 드디어 수사에 착수했다.

그냥 모른 척 넘어 가기에는 액수가 너무 컸다.

"치이! 큰아가씨가 분명 일억 이상 보낸 것이 틀림없어. 그렇지 않으면 그 왕 짠돌이 서 선생님께서 나한테 5,000만 원이나 주고 차를 바꾸고 해외여행을 계획하시겠어?"

"화아아! 이거 정말 경찰에 수사를 의뢰해야지 안되겠다?"

"킥킥킥! 우리가 경찰이야, 오빠!"

"……!"

순간 김용주 경감이 다시 뭔가 생각난 듯 시선이 그대로 멈췄다.

"야야, 화선아! 아까 내가 준 봉투들! 그 왜 우리 집에서 나올 때 우리 아버지가 준 봉투 좀 꺼내봐?"

탁!

서화선 경위도 김용주 경감처럼 뭔가 감이 잡힌 듯 아예 핸드백을 뒤집었다.

"그 빨강 봉투!"

"맞아! 큰아가씨가 보낸 봉투야. 우리 집에 보낸 거랑 똑같아."

아빠 미안!
용주 오빠 결혼식에 못 가. 나 베트남에 있어.
인편으로나마 축의금을 보낼게.
언젠가 아빠가 멋있다고 했던 그 배, 그거 사!
엄마랑 여행도 가구.

할아버지 용돈도 드리고. 용주 오빠 내려오면 맛있는 거 사주고!
어떻게 해서든 시간을 내서 곧 남해에 갈게!
미안, 아빠!

—채나.

"이, 이 녀석! 아버지한테도 축의금을 보냈구나?"

"아휴! 그거야 당연하지, 바보 오빠야! 우리 부모님한테도
보냈는데 오빠 부모님께 안 보냈겠어?"

채나는 말만 단답형으로 하는 게 아니라 문장도 짧은 것을
좋아했다.

편지에서 보듯 작은아빠도 아빠라고 줄여서 쓸 정도였다.

"오빠, 이 문장 봐봐! 축의금 보낸다고 배를 사래? 배! 자동
차도 아니고 배?"

서화선 경위가 눈을 반짝이면서 이번에는 김남수 사장이
받은 편지에 밑줄을 쳤다.

굵은 새빨간 매직으로!

"그럼 얼마를 보냈다는 거지?"

"아버님이 아까 얼마 줬어?"

"아버지가 아니라 엄마가 줬어. 500만 원! 아껴 쓰라고 하
시던데?"

"후우우우— 미치겠다, 증말! 진짜 경찰에 이 사건을 의뢰

해야 하나?"

"큭큭큭! 심각하게 고려해 보자, 심각하게!"

경찰 간부인 신혼부부가 경찰에 사건을 의뢰하기 일보직전이었다.

"추리를 한번 해봐. 오빠! 큰아가씨가 우리 아빠한테 자동차를 바꾸라면서 편지와 함께 축의금을 보냈어. 아빠는 편지에 밑줄까지 치면서 내게 장황하게 설명을 하고 5,000만 원을 줬어. 그럼 아버님께는?"

"우리가 생각하는 것보다 훨씬 많은 금액을 드렸을 거야. 채나가 미국에 있을 때도 가끔 편지를 할 만큼 우리 아버지를 따랐거든!"

"그래, 분명히 그럴 거야! 좋아, 뭐! 당신들이 세운 규칙대로 하지 않아도 좋아. 그래도 반은 줘야 될 거 아냐, 반은?"

"바, 반도 안 돼?? 그럼 장인어른께 보낸 돈도?"

"내 경찰 명예를 걸게! 2억 아니면 3억이야!

"끄으윽! 2억 아니면 3억? 그럼 우리 아버지한테는?"

"3억에서 5억!"

"으아아악!"

김용주 경감이 경찰관 집에 강도가 들어 온 듯한 비명을 질렀다.

"두 집 합쳐서 미니 5억! 맥스 10억!"

"야야야, 서화선! 너 지금 어떤 근거로 그런 계산을 하는 거야? 채나가 무슨 재벌인 줄 알아."

"흥! 재벌? 지금 우리나라 웬만한 재벌은 큰아가씨한테 쨉도 안 돼! 지난번 스페셜 앨범이 몇 장 나갔다고 하더라? 강남에 수백 억짜리 빌딩을 여러 채 샀대. 미국의 메이저 레코드 회사랑 2억 달러 이상을 받고 계약했다는 소리가 나와. 일본과 1조원이 어쩌구 하구."

서화선 경위는 현재 보직이 경찰서 정보계장이었다.

정보계장은 듣기 싫어도 우리 사회의 잡다한 정보가 들어온다.

"이거 진짜 재판해야 되는 거 아니냐?"

"정말 우리 부모님만 아니었으면 당장 체포했다. 당신들을 축의금 절도 및 횡령 현행범으로 체포한다! 당신들은 변호사를 선임할 권리……."

서화선 경위가 자리에서 벌떡 일어나 미란다 원칙을 낭독하며 남해에 있는 부모님들을 체포할 리허설을 했다.

"흐흐! 우리 부모님이나 니네 부모님이나 진짜 만만찮다. 만만찮아!"

"뭐 약이 올라서 그렇지 충분히 이해는 돼. 아무리 사전에 규정을 정했다 해도 당신들께 정중히 편지까지 보내면서 아예 차를 바꾸십시오, 배를 사십시오, 하고 돈을 보내줬는데 어떤 부모가 자식한테 주겠어?"

"그래도 우리 아버지 진짜 지독하다. 채나가 몇 억씩 줬는
데 어떻게 엄마한테 시켜서 달랑 500만 원만 주지?"

"울 아빠도 마찬가지야. 큰아가씨가 얼마를 보내 왔다고
말 한마디 안 하잖아? 편지도 보여주고 싶지 않았을 거야.
큰아가씨가 보냈으니까 양심상 어쩔 수 없이 공개하신 거
지!"

"큭큭… 맞아."

따라르릉!

그때 서화선 경위의 핸드백에서 휴대폰이 울렸다.

"아— 네네! 네! 아후후, 큰아가씨! 네! 아주 잘 받았어요.
그럼요! 정말 고맙습니다!"

"채, 채나야?"

"으응! 제가 큰아가씨 광팬이잖아요? 호호호… 너무 너무
좋아요. 그럼요! 네네! 당근이죠. 휴가라서 아침에 집에 있어
요. 꼭 오세요! 안 오시면 제가 체포조 보냅니다. 내일 봬
요!"

쪽! 서화선 경위가 정말 사랑하는 애인에게서 전화를 받은
것처럼 휴대폰에 키스까지 했다.

"아휴휴— 이게 웬일이니? 웬일이야? 슈퍼스타 김채나가
나한테 언니래? 새언니! 오호호호호!"

"야야! 서화선 정신 차려! 채나 내일 우리 집에 온다는 거야, 뭐야?"

"으응… 오빠."

쪽! 서화선 경위가 미소를 띤 채 이번에는 김용주 경감에게 키스를 하며 대답했다.

"얘가 완전히 맛이 갔네?"

"우리 큰아가씨 〈해운대 공연〉 때문에 잠깐 국내에 들어왔대. 내일 아침에 우리 집에 밥 먹으러 온대! 오오호호! 세상에? 김채나가 우리 집에 밥을 먹으러 와? 아침에 밥을 왕창 해 놔야지. 국민 돼지 김채나잖아! 호호호!"

"그렇게 좋아?"

"그걸 말이라구 해! 내가 김채나를 얼마나 좋아하는데? 사격, 노래, 연기까지… 완전 나의 우상이야. 그 슈퍼스타 김채나가 우리 아가씨였다니?"

"야, 서화선, 흥분하지 마!"

"카오오오오! 내가 그 슈퍼스타랑 한식구가 된 거야? 진짜 우리 신랑 위대해 보인다. 위대해 보여!"

서화선 경위가 맥줏집이 떠나가도록 소리를 질렀다.

"너 자꾸 목청 높이면 고성방가로 체포한다?"

"마음대로 하세요! 그래 봤자 전 초범이구 신원이 확실해서 훈방조치랍니다. 짠짠!"

서화선 경위가 흥에 겨워 어쩔 줄 모르며 몸을 흔들었다.

서화선 경위가 비록 경찰대학을 나온 엘리트 경찰 간부였지만 이십 대 여성임은 분명했다.

여타 여성들처럼 스타들을 보고 환호하는 것은 너무도 당연했다.

더욱이 자신이 그토록 좋아했던 채나가 천만뜻밖에도 자신의 사촌 시누이일 줄이야?

이제 서화선 경위는 축의금 문제 때문에 부모님과 다퉜던 찝찝한 기분을 깨끗이 지워 버렸다.

삼십 분 뒤에 받은 편지를 볼 때까지는!

"하얀 눈 위에 당신의 발자국은 내 가슴속의 슬픔… 당신의 숨결이 멈춰진 저 바람 소리는 내 영혼의……."

술기운이 올라 얼굴이 빨갛게 변한 서화선 경위가 김용주 경감의 팔짱을 낀 채 채나가 부른 〈블랙엔젤〉의 OST곡 〈끝없는 사랑〉을 흥얼거렸다.

"어쭈? 잘하면 채나하고 듀엣으로 나가겠다고 하겠네?"

"호호호! 그럼그럼! 한미래보다 내가 훨 낫지! 훨 나아!"

"하아, 이렇다니까? 얘는 꼭 맥주 천만 넘으면 주사를 부려요!"

"우리 큰아가씨 정말 멋있어. 어떻게 우리 집에 축의금을 보낼 생각을 다 하셨지? 진짜 스타는 생각도 스탄가 봐!"

"방송에도 가끔 나오잖아! 그놈은 원래 보스 기질로 똘똘 뭉쳐진 놈이더라고."

"어쨌든 아가씨 덕분에 내년쯤 우리 집을 마련할 수 있게 돼서 너무 좋아! 아가씨가 준 돈 오천하고 우리 집 전세 빼고 대출 좀 끼면 33평도 가능해. 대한민국의 서울특별시에서 호호호……."

"서화선! 너 속 많이 보인다. 채나가 좋은 거야, 돈이 좋은 거야?"

"NO! 절대 그런 거 아냐. 내가 좋아하는 스타가 마음 씀씀이까지 멋있어서 그런 거야. 물론 돈도 좋지만!"

김용주 겸감과 서화선 경위가 천천히 아파트 단지 내로 걸어 왔다.

갑자기 서화선 경위가 주사를 부리듯 김용주 경감의 가슴을 때렸다.

"근데, 아무리 생각해 봐도 울 아빠나 오빠 아빠나 너무해! 아가씨가 준 돈에서 딱 반만 줬어도……."

"그건 잊어버리자! 분명히 채나가 부모님들께 드린 돈이야. 장인어른께서 밑줄까지 쳐주셨잖아? 큭큭큭!"

"짜증나! 왠지 꼭 사기당한 기분인 거 있지? 막 배신감 느끼고."

"흐흐흐! 됐어, 임마! 우리 부모님인데 어쩔 거야? 넘어가
자구."

드르륵! 그때 경비실 문이 열렸다.

"저기 601호 김용주 선생님이시죠?"

"예! 제가 김용주입니다만?"

"사흘 전에 등기 우편물이 왔습니다. 여기!"

"아, 예! 고맙습니다."

경비원이 김용주 경감에게 큼직한 누런색 봉투를 건네줬
다.

"무슨 우편물이야 오빠?

"글쎄 모르겠네? 일단 저쪽 벤치로 가자. 술도 깰 겸!"

"응!"

김용주 경감과 서화선 경위가 사이좋게 아파트 벤치에 앉
았다.

"LG 아파트 등기 권리증. 소유자 김용주, 서화선?"

"우, 우리 이름이잖아?"

김용주 경감과 서화선 경위가 서류에 적혀 있는 자신들의
이름을 발견하고 얼굴을 마주 봤다.

"주소지… 서초동 LG아파트 103동 1004호… 분양면적
82.5제곱미터!"

서화선 경위가 취한 눈을 부릅뜨며 서류를 읽었다.

"뭐냐, 이게? 무슨 서류지?"

"서울특별시 서초동에 있는 25평짜리 LG아파트가 오빠랑 내 이름으로 등기가 돼 있어. 즉, 우리가 그 아파트 주인이란 얘기지!"

이제 술기운이 오르는 김용주 경감이 질문을 했고 이제 술이 깨기 시작한 서화선 경위가 대답했다.

"뭐? 우리가 언제 서초동에 있는 LG아파트를 샀다는 거야??"

"호호호! 글쎄 말이야. 오빠! 우리는 지금 신도림동에서 열심히 전세를 살고 있는데? 아마도 아주 유명한 연예인이 사셨겠지? 아마도!"

"그, 그럼 채나가?!"

"오늘 처음 오빠 생각하고 내 생각하고 일치가 됐네. 맞아! 우리 결혼 선물로 큰아가씨가 사준 거야. 우리 큰아가씨 진짜 굉장하다! 굉장해! 푸후후─"

…….

김용주 경감과 서화선 경위가 한참 동안 말없이 허공만 바라보고 있었다.

부모님께 거액의 축의금을 보내고 그것도 부족해 자신들에게 아파트까지 선물한 채나의 마음 씀씀이가 너무 고마웠던 것이다.

"아까 큰아가씨가 어떠냐고 물어보기에 축의금 애긴 줄 알고 고맙다고 잘 받았다고 했는데 아파트 애기였나 봐? 창피하다, 씨이!"

"큭큭, 뭐 비슷한 대답이네. 아파트도 잘 받은 거구 정말 고맙지, 뭐!"

"어쨌든 결론이 확실히 나서 좋다. 부모님께 축의금 드리고 우리에게 아파트 사주고!"

"광산 김씨 가문의 선비인 나도 어쩔 수 없는 속물인가 보다. 괜히 축의금 때문에 속이 꽉 막혀 있더니 이제 좀 내려갔다."

"호호호! 나도 그래 오빠! 이제야 축의금 문제를 잊어버릴 수 있을 것 같아!"

"그나저나 이 녀석은 대체… 서초동 LG 아파트면 꽤 비쌀 텐데? 어휴!"

"2억 5,000만 원이 좀 넘어! 지난번에 우리 아파트 구할 때 서울 경기도 일대 25평형 이하 전세 및 매매 물건 가격을 모조리 외웠다고."

"이, 이억 오천? 한 달에 이백씩 모아도 십 년이 넘게 걸리잖아?!"

"우리 예쁜 큰아가씨 내일 오기만 해 봐. 막 깨물어 줄 거야, 오호호호!"

팔랑!

서화선 경위가 흥분해서 서류를 마구 흔들자 서류 속에서 A4용지 한 장이 떨어졌다.

서화선 경위가 아무 생각도 없이 A4용지를 주워 들었다.

서류들을 늦게 보내 드려 대단히 죄송합니다.

처음 김채나 씨께서 구매하신 아파트를 부모님들께서 교환하시는 과정에서 복잡한 행정절차가 있어서 많이 지체됐습니다.

이 점 오해 없으시기 바랍니다.

두 분의 결혼을 진심으로 축하드립니다.

서초 부동산 공인중개사 김재호 배상(拜上).

"……."

김용주 경감과 서화선 경위가 말없이 부동산 중개인이 보낸 편지를 주고받으며 반복해서 읽었다.

"큭큭큭! 호호호"

그리고 두 사람은 마주보고 한참 동안 아주 한참 동안 웃었다.

아주 허탈한 웃음이었다.

"내가 경찰서에 갈까?"

서화선 경위가 무겁게 입을 열었다.

"됐어! 내가 직접 우리 직원들 서울시 경찰청 특수수대원들과 함께 남해에 내려가서 체포 압송할 거야. 이제까지 군사부일체를 좌우명으로 살아온 광산 김씨 가문의 선비는 죽었어!"

결국 김용주 경감과 서화선 경위는 부모님을 체포하기로 결정했다.

"아빠 흉을 정말 보고 싶지 않았는데… 이제 다시 꽉꽉 씹어야 되겠어!"

"진짜 아무리 부모님이지만 열 받는다! 열 받아!"

"우휴휴휴휴!"

두 사람이 다시 아파트가 떠나갈 만큼 한숨을 쉬었다.

"화선아!"

"오빠!"

두 사람이 동시에 서로를 불렀다.

"너 먼저 애기해!"

김용주 경감이 양보했다.

세 시간 전에 이어 또다시 이 경찰관 신혼부부의 수사가 시작됐다.

이번에는 아까 와는 많이 달랐다.

둘 다 얼굴에 허옇게 서릿발이 내려 있었다.

"도대체 우리가 우리도 모르게 돈을 얼마를 날린 거야?"

"우리가 평생 모아도 모을지 말지 하는 액수로 추정된다."

"그렇지? 근데 이 LG 아파트 말야, 오빠! 큰아가씨가 사준 아파트가 너무 작아서 우리 부모님들이 빚을 얻어 25평짜리로 바꿔줬을까?"

"그건 내일 당장 남북통일이 되는 것보다 열 배는 힘든 일이다!"

"그럼, 결론은 큰아가씨가 대형 아파트를 사서 부모님들께 살펴보라고 연락을 했더니 부모님들이 너무 크다고 이 아파트로 바꾼 거네?"

"확률 99.9999%다!"

"큰아가씨가 처음에 몇 평짜리를 샀을까?

"그 점이 나도 제일 마음에 걸리고 제일 궁금해!"

"맞아. 어쩜 우리 둘이 평생 저축해도 그림에 떡일 그런 대형 아파트였을 지도 몰라."

"그럴 확률이 또 99.9999%다. 아버지한테 축의금을 몇 억씩 보낸 놈인데 최소한 50평대 아파트는 될 거다."

"50평대 아파트? 서울 강남에 50평대 아파트에서 경찰관이 살면 경찰이 잡아가나?"

두 사람이 다시 한숨을 길게 쉬었다.

한숨을 쉴 만도 했다.

추리 결과 작은 아파트에서 큰 아파트가 아니라 큰 아파트에서 작은 아파트로 변했으니까.

또 놓친 고기는 유난히 크게 보인다.

고기도 아니고 서울 강남의 아파트는 심장을 멈추게 하고도 남는다.

"그런데 화선아?"

"말해, 오빠!"

"진짜 궁금한 게 하나 있는데……."

"아가씨가 구매한 대형 아파트를 부모님들이 소형 아파트로 교환하는 과정에서 생긴 차액의 행방??"

"그래! 채나가 그 차액을 우리 부모님한테 도로 받아 갔을까?"

"그런 큰아가씨였다면 처음부터 아파트를 사주지도 않았을 거야."

"맞아. 분명히 우리 아버지가 채나에게 확실하게 보고를 했을 거야."

"그 아파트는 애들 살기에 너무 커서 우리가 조금 작은 아파트로 바꿨다! 그리고 돈이 이 정도 남았다!"

"그래? 그 돈은 네 사람이 사분의 일 땡 해. 뭐 고스톱을 치든가 해서 한 사람에게 몰아주는 것도 좋을거구, 헤헤! 아빠 끊을게! 분명히 채나는 이렇게 말했을 거야."

"정말 그랬을 거야. 그려진다, 그려져!"

확실히 이들은 경찰대학을 나온 엘리트 경관들이었다.

채나가 김남수 사장에게 말한 그대로 웃음소리까지 똑같았다.

단지 그 차액의 분배 결과가 약간 달랐을 뿐이다.

김남수 사장은 채나 말대로 차액을 사분의 일로 나누지 않고 부인들에게는 일언반구도 없이 서 선생을 조용한 막걸리집에 데려가 반 땡을 제의했다.

서 선생은 새삼 친구의 소중함과 엄청난 능력에 찬사를 보내면서 눈부신 속도로 현금 봉투를 안주머니에 챙겨 넣었다.

우정이 더욱 돈독해진 두 사람은 다음 날 새벽에서야 술집에서 나왔다.

무엇이 그렇게 즐거운지 어깨동무를 하고 호탕하게 웃으면서!

"지금 우리가 나쁜 거냐? 아파트를 바꿔줄 만큼 친절하고 자애로운 부모님을 우리가 절도범으로 몰고 가는 거냐구?"

"천만에! 천만에! 축의금 전과로 미뤄 당연히 짚고 넘어가야 돼."

"휴휴휴휴휴휴……."

서화선 경위와 김용주 경감이 하늘을 바라보며 하늘이 무너질지도 모를 만큼 크고 긴 한숨을 쉬었다.

　다음 날 아침 채나는 아파트 벤치에서 두 눈이 시뻘겋게 변한 채 비스듬히 누워 있는 김용주 경감과 서화선 경위를 만났다.

2장

고향 방문

고향!

도대체 고향이란 정확히 어디를 말하는 것일까?

많은 사람이 태어난 곳을 고향이라고 한다.

그럼 내가 서울 강남의 어떤 산부인과에서 태어났다면 내 고향이 서울 강남인가?

그렇지는 않을 것이다.

또 어떤 사람들은 태어나서 자란 곳이 고향이라고 한다.

그럼 뉴욕에서 태어나 LA에서 자란 채나의 고향은 어딘가?

복잡하다.

또 어떤 사람들은 청소년기를 보낸 곳이 고향이라고 한다.

이 말이 가장 고향에 가까운 것 같다.

청소년기! 인격이 성숙되는 시기로 가장 추억이 많을 때.

이런 관점에서 채나에게 고향이 어디냐고 묻는다면 채나는 한참 고민할 것이다.

비록 미국 뉴욕에서 태어나 LA에서 자랐고 LA에서 학교를 다녔지만 학교나 집보다 짱 할아버지와 케인과 함께 세계 각처를 돌아다니며 여행을 했던 시간이 훨씬 많았다.

특히 짱 할아버지와는 아주 긴 시간을 함께했고 아주 많은 것을 배웠다.

결국, 채나의 고향은 짱 할아버지의 품이었다.

채나가 아빠의 고향인 경상남도 남해에 가기 위해 부산행 새마을호 열차에 올랐다.

〈부산 해운대〉 공연이 끝난 뒤 DBS 김천 야외 촬영장으로 가서 〈블랙엔젤〉을 촬영하고, 서울 여의도로 올라와 KBC본관 대공개홀에서 〈KK팝〉을 찍은 그다음 날 아침이었다.

부산을 경유해 가는 것이 맞는지 몰랐지만 그냥 그렇게 가기로 했다.

그 유명한 자갈치 시장도 구경할 겸!

채나는 여전히 자신이 한국에서 어느 정도 인기가 있는 슈퍼스타인지 정확히 인지하지 못하고 있었다.

지난 봄 〈우스타〉에 출연할 때 기념 메달을 맞추려 금은방에 갔을 때 십만 장이나 되는 사인을 했고, 〈블랙엔젤〉을 촬영하면서 박지은과 함께 아무 생각 없이 춘천 뒷골목으로 닭갈비를 먹으러 갔다가 다음 날 새벽까지 붙잡혔던 그 살인의 추억을 벌써 잊고 있었다.

　동대문의 〈채나빌〉 앞에 왜 전경 일개 중대가 상주하는 경찰 초소가 생겼는지 자신이 왜 검은 헬멧을 복면처럼 쓰고 오토바이를 타기 시작했는지 전혀 생각하지 못했다.

　〈우스타〉 경연 때 채나가 빌리진을 부르며 관객석으로 벗어 던진 모자, 경연이 끝난 후 채나가 사인을 해서 관객에게 줬던 그 모자가 엊그제 인터넷 경매 사이트에서 웬만한 집 한 채 값인 1억 4,000만 원에 낙찰됐다는 뉴스를 채나는 보지 못했다.

　신기하게도 채나는 아직도 자신이 모자 하나만 둘러쓰면 아무도 알아보지 못하는 그런 삼류 연예인쯤으로 착각했다.

　자신의 위치를 모르는 사람은 반드시 그 대가를 치른다.

　채나도 예외는 아니었다.

　경상남도 남해군은 우리나라 최남단의 바닷가에 위치해 있어 따뜻하고 풍광이 좋은 청정지역으로 꼽힌다.

　덕분에 겨울철이 되면 전국 각지의 축구팀이나 야구팀들

이 전지훈련 차 찾아와 북새통을 이뤘다.

물론 남해군이 바닷가 다 보니 인적이 드문 오지 마을도 많았다.

지금 채나가 찾아가는 해죽포가 그런 마을이었다.

오지까지는 아니지만 그렇다고 유적지나 해수욕장 등이 있어서 사람들에게 잘 알려진 마을도 아니었다.

작은 포구가 있고 대나무가 유난히 많은, 어민과 농민이 반반인 전형적인 우리나라 농어촌이었다.

앵앵앵!

부산 지방경찰청이라고 쓰여 있는 두 대의 패트롤카가 사이렌을 요란하게 울리며 마산시에서 남해군으로 이어지는 국도를 달려왔다.

패트롤카들이 남해읍 입구의 한적한 가로수 밑에서 멈췄다.

패트롤카에서 초록색 선글라스를 쓴 경찰관 한 명이 내렸다.

뒤이어, 등에 가방을 멘 채나가 등록상표인 야구모자와 가죽 재킷, 앵클부츠를 신은 채 눈처럼 하얀 고양이 스노우를 안고 경찰관을 따라 내렸다.

척!

경찰관이 채나에게 거수경례를 했다.

"즐거운 여행이 되시길 빌겠습니다, 김채나 씨!"

"고마웠어요, 이 경위님."

채나가 가볍게 고개를 숙여 인사를 했다.

"잠깐만 김채나 씨! 이걸 쓰고 가시죠. 아마 사람들이 김채나 씨를 쉽게 알아보지 못할 겁니다."

이 경위가 자신이 쓰고 있던 공군 파일럿들이 애용하는 초록색 선글라스를 벗어 채나에게 건넸다.

"부산에서 콘서트 할 때 꼭 초대할게요. 이 경위님!"

채나가 선글라스를 받아서 썼다.

"약속 꼭 지키셔야 합니다. 아니면 우리 경찰서 유치장이 그리 좋은 시설이 아니라는 걸 확실하게 깨닫게 되실 겁니다.

"헤헤헤, 네에!

채나가 귀엽게 대답했다.

이 경위가 다시 경찰차에 올라탔다.

"선글라스가 정말 잘 어울리시는 데요, 김채나 씨! 이제 진짜 연예인 같습니다. 아하하! 다음에 콘서트 장에서 뵙겠습니다."

이 경위가 차창 밖으로 손을 흔들며 패트롤카를 타고 사라졌다.

"아후, 혼났네! 저분들 아니었으면 난 아직도 부산역 광장에 잡혀 있었을 거야. 그치 스노우야?"

톡톡! 스노우가 그렇다는 듯 앞발로 채나의 얼굴을 가볍게 쳤다.

정말 그랬다.

세 시간 전쯤 채나가 부산역에 내렸을 때 몇몇 팬이 채나를 알아보고 사인을 청했다.

채나는 아무 생각 없이 예쁘게 미소까지 지으며 사인을 해줬다.

그때부터 팬들이 몰려들어 순식간에 정말 순식간에 부산역 광장을 꽉 메웠다.

김채나를 연호하며!

때맞춰 이 경위가 지휘하는 부산 지방경찰청 기동대들이 출동하지 않았다면 채나는 내년 이맘때까지도 남해에 도착하지 못했을 것이다.

채나가 한숨을 길게 쉬며 양옆으로 플라타너스가 늘어서 있는 길을 천천히 걸어갔다.

어서 오세요, 김채나 씨! 고향 방문을 진심으로 환영합니다!
〈경〉 여신의 귀환! 채사모 회원 일동 〈축〉
교주님의 성지 순례를 감축드립니다!

남해지부 채나교도 일동.

이렇게 쓰여 있는 현수막 수십 개가 등 뒤에서 정월 대보름에 흩날리는 연처럼 붙어 있는 줄도 모르고!

시끌시끌!

"화아아! 내가 바닷가에 오긴 왔다 보다? 완전 생선투성이야. 전부 살아서 팔팔 뛰네."

초록색 선글라스를 쓴 채나가 스노우를 안고 벌써 한 시간 반이나 남해 읍내의 시장을 돌아다니고 있었다.

시장을 돌아다니며 이것저것 사 먹으면서 잡다한 물건들을 쇼핑하는 것은 채나의 오래된 취미 중 하나였다.

오죽하면 케인이 동대문 시장 건너편에 집을 마련해 줬겠는가?

덕분에 채나는 왜 자신이 부산에서 남해까지 경찰차를 타고 왔는지 까맣게 잊어버렸다.

오물오물.

채나가 선글라스를 쓴 채 호떡을 먹으며 오징어, 미역, 멸치, 북어 등이 빼곡히 걸려 있는 가게 앞에 서서 건어물들을 구경하고 있었다.

"옛다!"

건어물전 주인아저씨가 말린 생선 하나를 스노우에게 던져줬다.

턱!

스노우가 입을 벌려 잽싸게 받았다.

"흐흐흐! 네 주인이 텔레비전에서 본 것처럼 짜긴 짠 모양이구나? 너한테 멸치 한 마리 안 사주는 걸 보면!"

아저씨가 채나를 보며 빙글거렸다.

"저, 저 아세요, 아저씨?"

채나가 화들짝 놀라서 물었다.

"확실히 네 주인은 테레비에 나오는 대로 약간 맹하구나. 〈블랙엔젤〉에서 초록색 색안경을 끼지 않았을 때가 몇 번이나 있었우? 김 가수!"

아저씨가 사람 좋은 미소를 지으며 되물었다.

"……!"

채나는 〈블랙엔젤〉의 예고편부터 48회가 방영된 엊그제까지 90% 이상을 초록색 선글라스를 쓰고 출연했다.

심지어 유명한 독일의 선글라스 회사 CF까지 찍었다.

"어이, 마누라! 그 테레비 소리 좀 키워 봐!"

주인아저씨가 가게 안쪽을 향해 소리를 질렀다.

"오호호호! 그럽시다."

건어물가게 안에서 중년 아줌마가 호탕하게 웃으며 대답했다.

[긴급뉴스입니다. 세계적인 인기가수 겸 배우인 김채나 씨가 부산역에서 팬들에게 에워싸여… 김채나 씨는 휴가 차 고향인 남해로 내려가던 중이었는데.]

텔레비전에서 아나운서가 열심히 보도하는 목소리가 들려왔다.

"캑!"

채나가 뒤집어졌다.

짝짝짝! 삑삑삑.

그때, 뒤에서 요란한 박수 소리와 함께 휘파람 소리가 들렸다.

채나가 불길한 예감을 느끼고 천천히 몸을 돌렸다.

"고향에 오신 것을 환영합니다. 김채나 씨!"

"반갑습니다. 김채나 씨!"

"테레비에서 뵐 때보다 훨씬 예뻐요, 언니! 너무 귀여워요!"

"채나 씨! 진짜 짱이야!"

수백 명의 사람이 건어물 가게 앞에 서서 채나를 에워싸고 있었다.

"지금부터 셋에 가게문을 내릴 거야! 그럼 김 가수는 뒷문으로 빠져나가. 곧장 가면 버스정류장이 나와. 내 말 알겠지?"

"헤에… 네!"

건어물전 주인아저씨가 가게 앞에 모인 사람들의 눈치를 보며 조심스럽게 말을 건네자 채나가 해맑게 대답했다.

"그리고 앞으로 김 가수는 노래나 연기보다 변장술을 좀 배워. 그 유명한 의사 신랑한테 말해서 머리 좋아지는 약도 좀 먹고!"

주인아저씨가 채나 앞으로 다가오며 점잖게 충고했다.

"우헤헤헤헤헤! 명심할게요, 아저씨."

"호호호! 다음에 막걸리 한잔하자구, 김 가수!"

"헤헤! 좋죠."

"하나, 둘, 셋! 튀어―"

주인아저씨가 번개처럼 셔터를 내리고 채나가 비호처럼 건어물가게 복도를 따라 뒷문으로 달려갔다.

"영수 씨는 좋것소! 딸이 저렇게 유명한 연예인이 됐으니 말이우."

"이 사람이 웬 쓸데없는 소리를 하나? 죽은 친구가 뭘 알아?"

채나의 등 뒤로 건어물가게 아저씨와 아줌마가 나누는 대화가 들려왔다.

김영수? 우리 아빠 이름이다.

저 아저씬 우리 아빠 친구였어.

확실히 아빠 고향에 오긴 왔구나!

채나가 한국에 와서 처음으로 떠난 휴가였다.

미국 EMA와 싸움까지 하며 강제로 스케줄을 조정해서 만든 4박 5일의 휴가였다.

"너 아직도 할아버지 찾아뵙지 않았지? 추석(秋夕) 때까지 할아버지 댁에 안 가면 미국에서 사망 신고할 테니까 그렇게 알아!"

뉴욕에서 만난 엄마 이경희 교수의 협박만 없었어도 채나는 오늘 남해에 내려오지 않았다.

아니, 언젠가 오긴 왔겠지만 좀 더 시간이 흐른 뒤에 왔을 것이다.

채나에게 남해는 고향이라기보다 고통이었다.

남해에 오면 지금처럼 어쩔 수 없이 아빠의 발자취를 만나게 되고 그럼 미국에서 살해된 아빠의 악몽이 떠오르기 때문이었다.

채나는 이미 몇 달 전부터 〈재미과학자 김철수 박사 일가 피살 사건〉을 소리 없이 재조사하고 있었다.

그 성과가 있어서 김철수 박사와 김영수 변호사가 피살된 이유를 어렴풋이나마 알게 됐다.

이 시점에서 채나는 갈등했다.

솔직하게 말하면 자신이 하고 있는 일들이 너무 즐겁기에 아빠에 대한 일을 영원히 잊고 지금처럼 살고 싶었다.

또 모든 사람이 채나가 그렇게 살아가길 원했고!

하지만 채나는 우리 주위에서 흔히 볼 수 있는 그런 아가씨 그런 사람이 아니었다.

오랫동안 투사로서 조련된 선문의 98대 대종사였다.

탕!

채나가 초록색 선글라스를 냅다 쓰레기통에 던졌다.

"이쒸… 이 나쁜 경찰이 나를 놀렸어? 내가 〈블랙엔젤〉에서 선글라스를 쓰고 S1으로 출연하니까 사람들이 더 잘 알아보도록 일부러 벗어준 거야."

채나가 선글라스를 씌워주며 마구 웃던 경찰관을 욕하며 남해읍 버스정류장으로 들어섰다.

"아후, 창피해! 정말 아저씨 말대로 오빠한테 말해서 머리 좋아지는 약을 얻어먹든지 해야지 안 되겠어. 아주 간단하게 속으니 원!"

채나가 고개를 설레설레 저었다.

"좋아! 차라리 당당하게 다니자. 내가 무슨 간첩이야 흉악범이야 변장을 하고 피해 다니게? 설마 고향 사람들이 나를 죽이기야 하겠어?"

그래도 선글라스를 쓰는 게 훨씬 나았다.

채나는 모르고 있었지만 채나가 연마한 선도가 극성에 달하면서 채나의 유니섹스한 용모도 가일층 그 마력을 뿜어내고 있었다.

누구라도 채나를 한 번 본 사람은 절대 잊어버릴 수 없을 만큼 귀엽고 예뻤다.

특히 아주 맑은 빛이 전신을 은은히 감싸고 있어 몽환적인 느낌까지 풍겼다.

정말 지나가던 강아지까지 다시 한 번 쳐다보고 지나가는 마력이었다.

힐끔힐끔!

버스 정류장에 서 있던 사람들이 채나를 연신 쳐다봤고,

"해죽포로 들어가는 버스가 언제 있는 거지?"

채나는 휴게실에 붙어 있는 버스 시간표를 살피기에 여념이 없었다.

샤악.

큰 키에 어깨가 떡 벌어져 남학생으로 착각할 만큼 당당한 체격의 여고생 하나가 채나의 얼굴을 살펴보고 잽싸게 도망쳤다.

김용희, 남해여상 2학년에 재학 중인 채나의 사촌 여동생이었다.

"채나 언니, 맞지?!"

"웅웅웅! 지, 지, 진짜야! 정말 〈블랙엔젤 S1〉 김채나 언니야!"

버스정류장 밖에 서 있던 용희 친구이자 먼 친척인 김경옥이 눈을 반짝이며 물어보자 용희가 말을 더듬으며 고개를 힘차게 끄떡였다.

해죽포는 주민들 대다수가 광산(光山) 김(金)가인 집성촌이었다.

해죽포에 있는 용희와 경옥이의 집은 백 미터도 떨어져 있지 않은 이웃이었으며 성씨의 본(本)이 같은 일가였다.

"오후 두 시 삼십 분이면 지금인데 도대체 어떤 버스야?"

채나가 얼굴을 찌푸린 채 버스정류장에 서서 계속해서 들어오고 나가는 버스들을 살폈다.

"아후후! 경옥아. 이거 꿈 아냐? 어떻게 내가 그토록 존경하는 교주님이 우리 동네엘 다 납시었지?"

"킥킥킥! 네 말대로 진짜 니네 큰언니인가 보지?"

"뭬질래? 정말 우리 큰언니랑 많이 닮았다니까! 너무 어릴 때 봐서 긴가민가하지만……."

"됐어! 그만해. 너랑 또 싸우겠다.

용희와 경옥이가 채나를 지켜보며 토닥거렸다.

"말 좀 묻겠는데요. 해죽포 가려면 어떤 버스를 타야 돼요?"

채나가 용희에게 다가가 물었다.

"지, 지금 들어오는 저, 저 버스 타시면 돼요!"

용희가 당황하며 막 버스 정류장으로 들어오는 버스를 가리켰다.

"헤! 고마워요."

채나가 웃으면서 용희에게 손을 흔들며 〈남해교통〉 버스에 올라탔다.

먼지를 잔뜩 뒤집어 쓴 고물 버스였다.

"……?"

용희와 경옥이 얼떨떨한 표정으로 마주 봤다.

뒤이어 용희와 경옥이도 채나가 탄 버스에 탔다.

해죽포가 바닷가에 붙어 있는 외딴 마을이라서 그런지 버스에는 손님들이 그리 많지 않았다.

"어? 너희도 이 버스 타는 거야?"

채나가 기분이 좋아졌는지 말이 짧아졌다.

"우, 우리 집이 해죽포에 있거든요."

용희가 얼굴을 붉히며 대답했다.

"그래? 마침 잘됐다. 이따가 길 좀 가르쳐 줘. 오랜만에 왔더니 영 헷갈리네."

"어디 가시는데요?"

경옥이가 조심스럽게 물었다.

"해죽포 김 교장선생님 댁 알지?"

"기, 김 교장선생님 댁요?!"

경옥이가 당황해서 말을 더듬으며 용희를 쳐다봤다.

"왜, 몰라?"

"아뇨 ,아뇨! 아주 잘 아는 분이에요."

채나가 살짝 얼굴을 찌푸리며 물어보자 용희가 황급히 대
답했다.

"아휴휴… 됐다! 이제야 마음이 놓이네."

탈싹!

채나가 한숨을 쉬며 의자에 주저앉았다.

"저, 저 몰라요 언니? 난… 언니 잘 아는데? 얘도 잘 알
고!"

용희가 지나가는 쥐도 들을 수 없는 목소리로 채나에게 말
을 건네며 스노우를 가리켰다.

스노우가 반갑다는 듯 용희를 발로 툭툭 쳤다.

"……!"

채나의 눈이 커졌다.

버스 천장 위로 스노우를 쫓아다니던 체격이 유난히 큰 초
딩 용희의 모습이 떠올랐다.

"용희! 너 김용희지?"

"네에! 큰언니—"

채나가 손가락으로 용희를 가리키자 용희가 환하게 웃으며 우렁차게 대답했다.

"오 마이 갓! 정말 내가 머리가 나쁘긴 나쁜 모양이다. 어떻게 용희를 기억 못했지?"

채나가 곤혹스러운 표정을 지으며 양손으로 머리를 감쌌다.

"…언니가 텔레비전에 나오는 김채나 언니 맞지? 〈블랙엔젤〉에서 S1〈히어로〉를 부른 세계적인 가수 겸 배우?!"

용희가 얼굴을 붉히며 나지막하게 되물었다.

"왜, 아닌 거 같아?"

채나가 빙글거렸다.

"씨이이이이— 그게 아니라 내가 학교 친구들이나 동네 사람들에게 그렇게 말했는데 아무도 안 믿어! 한 사람도 안 믿더라고! 분명히 내가 어렸을 때 봤던 우리 큰언니가 맞는데 전부 나보고 뻥쟁이래?"

용희가 주먹을 불끈 쥐고 씩씩댔다.

"엄마나 아빠한테 물어보면 모두 벙어리고! 난 막 우리 큰언니라고 자랑하고 싶은데, 흑흑흑……."

용희가 울먹이며 그 큰 덩치를 채나에게 던졌다.

"미안! 미안! 늦었지만 언니가 왔잖아? 이제 마음껏 자랑해. 용희 큰언니가 가수 겸 배우인 김채나야. 세계적인 사격 선수기도 하고!"

채나가 용희를 꼭 안고 얼굴을 토닥거렸다.

"봐바바바바바바바바바! 내 말이 맞지? 분명 우리 언니야! 진짜 울 큰언니라구!"

"정말 진짜였구나?! 미, 미안⋯⋯."

용희가 채나에게 안긴 채 소리치자 경옥이가 미안한 듯 고개를 돌렸다.

"꺄야아아악! 울 큰언니가 그 유명한 김채나였어! 세계적인 슈퍼스타 김채나가 울 큰언니야―!"

용희가 흥분해서 버스가 떠나가라고 외쳤다.

끼이익!

찰라 버스가 비틀거리며 급정거를 했다.

"야야, 김용희! 너 자꾸 개구라 칠래? 무슨 니네 큰언니가 김채나야? 네가 하도 구라를 심하게 치니까 버스까지 빵꾸가 나잖아, 자식아!"

버스기사가 씩씩대며 용희 쪽으로 다가왔다.

"봐봐봐! 큰언니? 내가 이러니까 미친다고! 실물이 옆에 있는데도 믿질 않잖아?"

용희가 길길이 뛰었다.

"시이이일물?"

버스기사가 눈을 껌뻑 버리며 채나를 쳐다봤다.

"후… 안녕하세요! 용희 큰언니 김채나예요."

채나가 귀엽게 인사를 했다.

"마, 마마맞네? 김채나 맞아! 정말 김채나 맞아!"

버스기사가 신기한 듯 채나의 얼굴을 요리조리 훑어봤다.

"뻬에에! 그만 봐, 종우 아저씨! 우리 큰언니 얼굴 닳아."

용희가 운전기사에게 혀를 쭉 내밀었다.

"내리자, 큰언니! 경옥아 내려! 빵꾸 난 차에 왜 타고 있어. 재수 없게!"

용희가 채나 손을 잡고 버스에서 튕기듯 내려갔다.

"미, 미안하다, 용희야! 내일부터 내가 버스 몰고 다니면서 남해군민들에게 용희 큰언니가 김채나 씨 맞다고 나팔 불고 다닐게. 김채나 씨! 뵙게 되어 영광입니다. 아하하하!"

버스기사가 차창에 기댄 채 손을 흔들었다.

"됐네! 이 사람아. 앞으로 우리 집 근처에 얼씬대기만 해 봐? 막 패 버릴 거야."

용희가 버스기사에게 주먹으로 큼직한 감자바위를 먹였다.

"근데 이거 어쩌지? 큰언니! 다음 버스가 오려면 한참 기다려야 하는데 저 고물차가 항상 속 썩인단 말야!"

용희가 얼굴을 찌푸린 채 채나에게 말했다.

"집까지 멀어?"

"걸어가면 한 시간쯤 걸려."

"그럼 걸어가자. 가면서 언니가 노래 불러줄게!"

"우와와와와… 진짜??"

"응! 언니가 용희한테 늦게 온 벌로 쏘는 거야."

"아니, 아니, 아니! 늦게 왔어도 괜찮아. 정말 괜찮아! 언니가 우리 큰언니라는 것만도 좋아. 진짜 좋아!"

용희가 힘차게 채나의 팔짱을 꼈다.

"야, 김경옥! 넌 귀 막아. 지금부터 우리 언니 노래 듣지 마. 인간 김용희를 그렇게 의심해? 봐봐! 우리 큰언니가 김채나 맞잖아? 우리 큰언니가 김채나라니까?"

"헤헤헤, 자식!"

용희가 채나의 팔짱을 낀 채 경옥에게 마구 소리를 질렀다.

"미안해! 진짜 니네 큰언니가 채나 언니일 줄은 꿈에도 생각 못했어."

경옥이 부러운 눈초리로 용희를 쳐다보며 다시 사과를 했다.

"오냐! 짐이 오늘 우리 큰언니를 만난 기념으로 경옥의 대역죄를 사하겠노라, 우히히!"

"헤헤헤!"

용희가 사극에 나오는 왕이 되어 경옥이의 대역죄를 용서

했다.

고향!

어쩌면 고향이 이런 건지 모르겠다.

아주 오랜만에 가도 반겨주는 이가 있고.

아주 늦게 가도 용서해 주는 이가 있고.

아주 잘못해도 감싸주는 이가 있는 동네.

이제 기억이 난다.

초등학교를 졸업하고 미국에서 엄마랑 단둘이 남해에 왔을 때, 그때도 버스가 고장 나서 엄마랑 이 길을 걸어갔다.

엄마가 아빠랑 연애할 때 이 길을 여러 번 왔었다고 했다.

눈물이 그렁그렁 맺힌 채!

아아아! 이 길은 끝이 없는 길! 계절이 다하도록 걸어가는 길.

아아아! 이 길은 둘이 걸어가는 길! 이 마음 다하도록 걸어가는 길.

채나가 그 옛날 엄마인 이경희 교수와 이 길을 걸어가면서 이경희 교수가 불러줬던 아주 옛날 노래를 불렀다.

"와아아아— 부라보! 부라보! 우리 큰언니 정말 노래 잘한다! 정말 잘해! 미치겠다! 텔레비전에서 볼 때랑 완전 달라."

"진짜야! 온몸이 부르르르 떨려. 막 가슴이 쿵쾅쿵쾅대고!"

용희와 경옥이 환호성을 터뜨리며 감탄사를 연발했다.

"좋아. 그럼 앙코르 송으로 한 곡 더 불러주지!"

"끼약… 여기 신청곡! 언니 히트곡인 〈히어로〉 쏴! 〈히어로〉!"

"난난 〈디어 마이 프랜드〉가 더 좋은데?"

"김경옥! 넌 귀 막으라 했지? 이게 어따 대고 신청곡 질이야? 질이?"

"OK! 두 곡 다 불러준다!"

"우아아아악!"

용희와 경옥이 박수를 치며 환호성을 질렀다.

구구구궁!

막 용희와 경옥이가 채나의 노래에 거품을 물고 넘어질 때 뒤에서 장갑차 굴러가는 소리가 들렸다.

"어이— 김용희, 김경옥!"

김용순이 막걸리 통과 과일 상자 등이 잔뜩 실린 트럭을 몰고 다가왔다.

김용순은 용희의 언니로 채나보다 한 살 어린 동생이었다.

"이 언니는 뒈질 만큼 바쁜데 너희는 친구랑 노래나 부르며 탱자탱자 한다 이거지?"

김용순이 차창 밖으로 얼굴을 내민 채 소리를 질렀다.

"킥! 확실히 우리들이 피를 나눈 형제는 형젠가 보다? 이런 데서 우연히 만나는걸 보면."

용희가 개구쟁이 미소를 띤 채 용순이 운전하는 트럭을 쳐 다봤다.

용희가 피를 나눈 형제라고 얘기한 것은 채나와 용순 모두 를 가리키는 말이었다.

물론 잘못 알아듣는 사람도 있다.

"우연히는 무슨 우연히야? 멍충아! 니들 버스 고장 나서 걸 어갔다고 해서 이 딸딸이를 부리나케 몰고 쫓아왔는데?"

"눈물 나는 저 의리! 고마워, 언니. 근데 내 친구 중에 이렇 게 유명한 연예인이 있었나?"

"……!"

덜컹!

용순의 눈이 가늘어지며 트럭 엔진이 그대로 꺼졌다.

"채, 채나 언니? 채나 언니 맞지?!"

용순이 트럭에서 후다닥 뛰어 내렸다.

"헤헤헤! 용순이는 금방 알아보겠다. 전에도 이 트럭을 몰 았잖아?"

채나가 용순을 보며 활짝 웃었다.

"치이! 왜 이제 온 거야 언니? 얼마나 기다렸는데……."

"어쩌다 보니 그렇게 됐어. 미안해!

채나가 용순을 안은 채 토닥거렸다.

"……!"

용희와 경옥이 움찔하며 서로 마주봤다.

'그렇구나! 채나 언니한테 뭔가 있었어. 막내인 나만 모르는 어떤 사연이 말야. 그래서 식구들이 모두 채나 언니 얘기를 피했던 거구!'

눈치 빠른 용희가 용순이 채나를 대하는 태도를 보고 대충 감을 잡았다.

뒤이어 용희가 경옥에게 눈짓을 하며 잽싸게 트럭에 올라탔다.

"이산가족 상봉은 집에 가서 막걸리라도 한잔 빨면서 하자구!"

부다당당!

용희가 힘차게 시동을 걸었다.

"무면허 미성년자는 뒤칸으로 찌그러지시고!"

"힝! 얼떨결에 운전 한번 해보려 했더만?"

용순이 쥐어박자 용희와 경옥이 트럭 뒷좌석으로 옮겨 탔다.

용순이 운전하는 트럭은 5인승인 더블 캡이었다.

다시 용순이 핸들을 잡았고 트럭이 출발했다.

"근데, 언니가 여기까지 웬일이래?"

"성산포에 배달 갔다 오는 거야, 용순 언니?"

용희와 경옥이 용순에게 물었다.

"아니, 읍내 갔다 온다. 할아버지가 내일 모레 추석(秋夕) 때 쓸 제물 중에 몇 가지 빠졌다고 하셔서 사오는 거야."

용순이 짜증스럽게 대답했다.

"어휴! 할아버지도 참 극성이야. 빨리 추석이 지나야지 못 살겠어."

용희가 입을 툭 내밀었다.

"추석? 내일 모레가 추석이었어?"

"웅! 큰언니도 오랜만에 왔으니까 추석 지내고 가! 어른들도 빕구 우리랑 놀아주고, 알았지?"

채나의 질문에 용희가 귀엽게 대답했다.

"맞아! 내가 그렇게 싸움 싸움하면서 휴가를 맞췄던 게 추석 때문이었지?"

채나가 어떤 생각이 난 듯 눈을 반짝였다.

"읍내 한 번 더 다녀오자, 용순아! 은행으로 가."

"은행?"

"그래! 오랜만에 어른들을 뵙는데 거마비를 좀 드려야지."

"후후! 올 추석에 오실 손님들은 좋겠다. 채나 언니한테 거마비를 다 얻어 쓰고!

부우우웅!

용순이 웃으면서 힘차게 트럭을 돌렸다.

거마비(車馬費)!

말이나 마차를 빌릴 때 쓰는 비용.

얼마 전까지 우리 선조들께서 즐겨 쓰시던 어휘다.

지금은 노자, 교통비, 기름값, 밥값, 용돈이란 말로 바뀌었다.

"추석 때 손님들이 몇 분이나 오시냐? 용순아."

"뭐 대중없어. 작년에는 한 사십 분쯤 오셨나? 매해 사십 분에서 오십 분쯤 오시는 것 같아!"

채나의 질문에 용순이 핸들을 잡은 채 찬찬히 대답했다.

"그럼 이 카드 가지고 가서 백만 원짜리 수표 백 장만 찾아와! 은행 봉투도 백 장쯤 얻어 오구."

"배배배배배백만 원짜리 수표 백 장?!"

채나가 황금빛 카드를 건네자 용순의 머리통이 트럭 천정을 받았다.

백만 원짜리 백 장.

간단히 1억이었다.

용희와 경옥이는 처음에 채나 말을 백 원짜리 수표로 잘못 알아들었다.

그래서 백 원짜리 수표도 있나 하는 생각을 했다.

용순이는 해죽포 막걸리 공장 경리니까 어떨지 몰라도 여상 2학년인 용희와 경옥이는 백만 원짜리 수표를 구경조차 못했다.

근데, 채나는 지금 그 백만 원짜리 수표를 봉투에 한 장씩 넣어 추석에 오시는 손님들께 거마비로 드리겠다는 것이다.

남해읍내에서 짜장면 한 그릇에 1,800원 곱빼기가 2,000원일 때였다.

용순이 아빠가 주는 용순이 월급이 60만 원쯤 됐고!

백만 원이 얼마나 큰돈인지 대충 짐작이 갈 것이다.

"진짜 백만 원짜리 수표로 백 장을 찾으라는 거야 언니?"

용순이 남해 읍내 은행 앞에 트럭을 세운 채 다시 한 번 확인을 했다.

"현금으로 드렸으면 좋겠는데 그건 부피가 크잖아? 괜히 어른들께 생색내는 거 같고."

채나가 보충설명까지 했다.

"그, 그래 알았어. 용희야, 경옥아, 내려!"

용희와 경옥이가 얼떨결에 용순이를 따라 은행으로 갔다.

이날 용희는 처음 알았다.

채나와 자신들과는 돈의 단위가 전혀 틀리다는 것을!

거의 지구인과 화성인 차이였다.

하지만 용희는 몰랐다.

일 년에 수백억 수천억씩 버는 부자들은 어느 순간 돈의 액수에 무디어 져서 자신도 모르게 돈 단위가 일반인과 다르게 변한다.

채나는 노래 한 곡에 1억 원을 훨씬 넘게 받았고 CF 하나를 촬영하면 부르는 게 곧 개런티였다.

이런 채나가 서민들처럼 짜장면 하나 먹을 때도 일일이 계산을 하면서 돈을 쓴다면 나라 경제 자체가 엉망이 된다.

어쩌면 채나처럼 돈을 쓰는 것도 곧 채나가 노블레스 오블리제(사회 고위층의 도덕적 의무)를 지키는 것인지도 모른다.

"아! 졸라 짱나네. 도대체 민증을 몇 번씩 까는 거야?"

용희가 툴툴거리며 경옥과 함께 트럭 뒷좌석에 올라탔다.

"채나 언니를 원망하자. 우리 읍내에서 현금을 1억씩 찾는 사람이 몇이나 있겠냐?"

용순이 운전석에 타면서 말을 받았다.

"쳇! 그래도 그렇지 이건 너무하잖아? 여기저기 전화질 해대고!"

"참자, 용희야. 오늘 백만 원짜리 수표 처음 구경했잖아?"

경옥이 웃으면서 용희를 달랬다.

"찾았어?"

차에 앉아 있던 채나가 용순에게 물었다.

"응, 언니! 이거 세어 봐? 카드하고 백만 원짜리 수표 백 장이야. 봉투는 예쁜 걸로 이백 장쯤 주더라구."

"수고했어, 가자!"

부다당당!

용순이 힘차게 트럭을 몰았다.

"일단 운전기사인 용순이부터 두 장!"

끼익!

채나가 운전석 앞에 수표 두 장을 내려놓자 용순이 화들짝 놀라며 급브레이크를 잡았다.

"어, 언니!"

"차비까지 주니까 운전 똑바로 못 해? 확 도로 뺏을 거야?"

"알았어."

용순이 새색시 목소리로 대답하고 이번에는 트럭을 거의 리무진 수준으로 몰았다.

"그리고 우리 일가인 경옥이도 한 장."

"채채채나 언니?"

경옥이 당황해서 말을 더듬었다.

이어서 채나가 미소를 띤 채 용희 손에 수표 석 장을 쥐어 줬다.

"......!"

용희가 수표를 든 채 큰 눈을 껌뻑이며 말없이 채나를 쳐다 봤다.

쪽! 채나가 용희 볼에 뽀뽀를 했다.

"헤헤헤! 우리 막내가 이 언니를 자랑하고 싶었는데 아무 도 확인을 안 해줬어? 어렸을 때 기억이라서 믿을 수도 없었 구?"

"으응!"

용희가 다시 눈물을 훔치며 고개를 주억거렸다.

"나를 기억해 준 상이야. 눈치 보지 말고 막내 마음대로 써. 부족하면 언니가 더 줄게. 걱정 말구!"

"......!"

채나 언니가 내 볼에 뽀뽀를 해주며 백만 원짜리 수표 세 장을 꼭 쥐어줬다.

아마 난 죽어서도 이 일을 잊지 못할 것이다.

아껴 써! 될 수 있으면 저금하고.

보통 어른들은 이삼만 원쯤 용돈을 주면서 이렇게 말을 한 다.

우리 엄마도 아빠도 늘 그렇게 말해 왔다.

채나 언니는 정반대였다.

고2짜리는 감히 엄두를 못 낼 액수를 주면서 눈치 보지 말고 마음껏 쓰라고 했다.

부족하면 더 주겠다는 약속까지 하면서.

우리 큰언니는 정말 외계인이 맞았다.

3장

인간이 아닌 신

늦가을의 노을이 작은 포구를 붉게 물들이고 있었다.

저녁 무렵 포구의 경치가 모두 그렇듯 남해 해죽포도 비슷했다.

십여 마리의 갈매기가 저녁거리를 찾아 선착장 주위를 날고 있었고 작업을 끝낸 통통배들이 하나둘 선착장으로 모여들었다.

하루 종일 한가했던 횟집들이 서너 팀의 손님이 찾아들었고 선착장 주위에서 삼삼오오 모여 어구들을 손질하던 사람들이 천천히 그물을 거뒀다.

"옛날하고 별로 달라진 게 없네. 방파제가 좀 넓어졌고 통통배들이 몇 척 늘었을 뿐."

헐렁한 티셔츠와 슬리퍼를 신은 채나가 스노우를 안은 채 선착장을 둘러봤다.

"흠흠… 이 바다 내음도 비슷하구!"

그랬다.

채나 아버지의 고향인 이 남해 해죽포.

채나가 고등학교 때 들렀던 이 작은 포구는 변하고 싶어도 변할 게 없었다.

몇만 톤짜리 상선이나 원양어선이 정박할 수 있는 거대한 항구가 아니었기 때문이다.

하지만, 그물을 손질하는 채나의 먼 일가들이나 횟집 주인들의 눈에는 크게 변한 게 하나 있었다.

채나처럼 귀티가 흐르는 눈이 번쩍 뜨일 만큼 예쁜 아가씨가 이 해죽포 선착장에 나타난 것은 아주 오랜만이었다.

"헤에! 저건 옛날에 없었는데?"

채나가 〈해죽포 횟집〉이라는 간판이 걸린 횟집 앞에 놓여 있는 해삼과 멍게 전복과 우럭 등이 가득 담긴 수족관 앞으로 다가갔다.

"가까이서 보니까 엄청 예쁘구먼. 누구네 집에 놀러 온 거여?"

생선이 담긴 뜰채를 든 오십 대 아줌마가 채나를 살펴보며 물었다.

"김집 교장 선생님이 울 할아버지예요. 용순이하고 용희가 제 동생이구요!"

"뭐 진짜여? 그럼 이따만 한 김 사장님 딸이여?"

"헤헤, 네!"

"쉬지 않고 왜 나왔어?"

그때, 채나의 뒤에서 묵직한 음성이 들렸다.

덩치가 바다코끼리만 한 오십 대 사내가 가슴까지 오는 장화를 신고 한 손에 큼직한 도미 두 마리를 든 채 우뚝 서 있었다.

남해군의 명망 높은 유지로서 해죽포 막걸리 공장과 가두리 양식장을 운영하는 김남수 사장이었다.

젊었을 때 전국 씨름판을 호령했던 천하장사로 김용주 경감과 용순, 용희 삼남매의 아버지였고 채나의 작은아버지였다.

"아빠!"

채나가 반색하며 김남수 사장의 손을 잡았다.

"놈! 먼 길을 오느라고 고단할 텐데 눈이라도 좀 붙이지 않구."

"괜찮아, 아빠. 근데 저거 먹고 싶어, 아빠!"

"뭐? 전복?"

"응, 아빠!"

김남수 사장이 수족관에 놓인 전복을 가리키며 물어보자 채나가 재빨리 대답했다.

"아빠, 아빠 하는걸 보니까 진짜 김 사장님 딸인가 보네?"

오십 대 중반의 뚱뚱한 아줌마가 신기한 듯 채나와 김 사장을 교대로 쳐다봤다.

"껄껄껄! 우리 큰딸이오, 형수! 지난번 말했던 내가 미국에 있을 때 낳은 딸이 돌아왔소."

김 사장이 호쾌하게 웃으면서 대답했다.

"아이구! 난 김 사장님이 농을 하는 줄 알았는데 진짜였네? 한데 외탁을 했나 봐. 김 사장님 집 애들은 몽땅 떡대들인데 큰 딸은 엄청 귀엽고 예쁘네!"

"어허허! 그러고 보니까 윤곽이 많이 닮았구먼. 김 사장 당신 얼굴하고 딱 오분의 일이야."

'남해군' 이란 글씨가 새겨진 누런 모자를 쓴 육십 대 사내가 다가와 김남수 사장과 채나를 훑어봤다.

턱!

김남수 사장이 큼직한 도미 두 마리를 사내에게 던졌다.

"그놈하고 전복, 해삼, 멍게하고 섞어서 한 상 차려 주슈. 알다시피 난 질보다 양이우. 형님!"

"그건 내 십팔번인데, 헤헤……."

김남수 사장과 채나가 횟집 앞에 놓인 평상에 걸터앉았다.

"알았어! 상다리가 부러질 만큼 차려줄 테니 미국에서 온 예쁜 딸내미하고 거하게 한잔해."

육십 대 사내가 도미를 들고 횟집으로 들어갔다.

"저거 도미 맞지? 아빠가 아저씨한테 준 고기."

"오냐! 자연산이니까 맛이 괜찮을 거다. 여기서 아빠랑 한잔하고 들어가자."

"에헤헤헤! 좋아."

꼴깍! 채나가 평상에 앉아 침을 삼켰다.

"근데 할아버지 삐치지 않을까, 아빠?"

"그러지 않아도 전화드릴 판이다. 드릴 말씀도 있고……."

채나의 말이 끝나기 무섭게 김남수 사장이 휴대폰을 꺼냈다.

"전화비 아껴라. 애비야."

머리가 하얗게 센 은발의 칠십 대 노인이 지팡이를 짚고 포구 저편에서 걸어왔다.

채나의 친할아버지며 김남수 사장의 아버지인 김집 교장이었다.

"헤헤! 울 할아버지 귀신이다. 아빠랑 살짝 먹고 가려고 했는데 어떻게 알고 왔지?"

채나가 냉큼 뛰어가 김 교장의 손을 잡았다.

"녀석! 내 코가 개코라는 거 남해군 사람이 다 안다."

김 교장이 흐뭇한 표정으로 채나를 바라보며 말했다.

"아이구! 교장 선생님 나오셨어요?"

"음, 오랜만이네. 청주댁!"

뚱뚱한 아줌마, 청주댁이 소주병과 상추 등이 놓인 쟁반을 가지고 나오며 인사를 하자 김 교장이 미소를 지었다.

"여기 도미회하고 해삼, 전복 나갑니다."

육십 대 사내가 도미회와 전복 등을 가득 썰어놓은 큼직한 접시 세 개를 내려놓았다.

"울 할아버지부터 한 잔!"

"오냐! 어디 가득 따라봐라. 억만금을 주고도 못 먹는 세계적인 스타가 따라주는 술을 먹어 보자꾸나!"

채나가 예쁜 미소를 띤 채 두 손으로 김 교장에게 공손하게 술을 따랐다.

"울 아빠도 한 잔!

"우리 큰딸 먼 길을 오느라고 고생 많았다."

김 교장과 김남수 사장이 기분 좋게 술잔을 들이켰다.

"허허! 우리 손녀도 한 잔 하련?"

김 교장이 술잔을 든 채 채나를 쳐다봤다.

"난 술 못 먹어. 그냥 얘들만 먹을 거야."

"오냐! 그렇게 하렴. 애비 한 잔 받아라"

"먼저 한 잔 하시죠. 아버님!"

"그럴까?"

김 교장과 김남수 사장이 서로 술을 따라주며 시원하게 마셨다.

오물오물!

채나와 스노우도 옆에서 열심히 도미회를 먹었다.

"세상에 이렇게 맛있는 술도 있었구먼! 어허허허⋯⋯."

"아버님도 참!"

"이 도미회도 되게 맛있어!"

"허허허! 껄껄껄!"

할아버지와 작은아버지, 손녀 삼대가 작은 포구의 허름한 횟집에 마주앉아 생선회를 안주 삼아 술을 마시고 있었다.

쉽게 구경할 수 없는 술자리였다.

"그래? 애비가 나한테 할 말이 있다는 게 뭐냐?"

김 교장이 불쾌한 얼굴로 김 사장을 보며 물었다.

"아까 DBS 대한방송사 PD라면서 전화가 왔었습니다, 아버님! 오늘 밤에 여기 도착한다고 말입니다. 아마 이 녀석 때문에 그런 것 같습니다!"

"그 문제라면 신경 쓰지 말거라. 내가 오라고 했다. 애비야!"

"아버님께서요?"

"오냐! 애비가 양식장에 나갔을 때 집으로 전화가 왔더라. 〈스타의 고향〉이라는 프로를 맡은 PD라며 첫 번째로 우리 채나의 고향을 촬영하고 싶다고 해서 내 흔쾌히 허락했다!"

"……!"

"우리 채나는 이제 전 세계적으로 이름을 떨치기 시작한 슈퍼스타다. 즉, 대한민국뿐만 아니라 세계적인 공인이야. 공인은 자신이 어떤 사람인지 어떤 집안 출신이지 대중들에게 알려줄 책임과 의무가 있다."

"……!"

김 교장이 불쾌한 얼굴을 빛내며 흥분된 목소리로 또박또박 설명하자 김남수 사장이 어리둥절했다.

십수 년 전 형들이 미국에서 피살된 후 한 번도 목소리를 높인 적이 없는 아버지였다.

마치 당신이 자식들을 살해한 죄인처럼 조심조심 살아왔던 아버지였다.

"난 우리 손녀가 세계 어디에 내놔도 당당한 집안 출신이라는 것을 세계만방에 자랑스럽게 알리고 싶다. 그래서 방송국 관계자들을 서슴없이 오라고 했다."

"헤헤헤! 잘했어, 할아버지. 나도 사람들에게 울 할아버지, 울 아빠, 울 오빠와 동생들을 자랑하고 싶어."

채나의 진심이었다.

채나가 이경희 여사의 성화를 이기지 못해 남해에 내려왔지만 동생들을 만나고 작은아버지와 할아버지를 뵈면서 생각이 바뀌었다.

채나가 아파하고 있었던 부분을 그들은 채나보다 더 아파했다.

할아버지, 작은아버지, 사촌 형제들과 많은 일가들!

그들은 누가 뭐래도 채나와 같은 피를 나눈 형제요, 가족이었다.

여기 남해 해죽포는 채나의 가족들과 친척들이 모여 사는 또 하나의 고향이었다.

"오냐 오냐! 진정한 스타는 그런 것이다. 자신의 집안조차 공개하지 못하는 사람이 어찌 대중들의 사랑을 받는 대스타가 될 수 있겠느냐?"

"아버님이나 채나가 그렇다면 저 또한 대찬성입니다. 큰딸을 잘 둔 덕에 돈 한 푼 안 들이고 우리 해죽포 탁주 선전도 할 수 있고 말입니다. 껄껄껄!"

"역시 울 할아버지, 울 아빠야. 그런 뜻에서 채나가 할아버지께 드리는 상금!"

채나가 아까 읍내 은행에서 바꿔 온 백만 원권 수표 두 장을 김 교장의 가슴에 안겼다.

"요건 울 아빠 추석 때 손님들 접대할 비용!"

이어 김남수 사장에게도 수표 세 장을 건넸다.

"허허허, 녀석도? 지난번 보내준 용돈도 많이 남아 있는데 뭘 또……."

"험험! 제가 미국 가서 딸 낳아 놓길 정말 잘했습니다. 아버님!"

"어허허허, 껄껄껄!"

늙은 아버지와 아들이 오랜만에 마주보며 활짝 웃었다.

김남수 사장은 지난번 아들인 김용주 경감 결혼 때 채나가 보내준 축의금으로 배를 사면서 사람들이 돈의 출처를 물어보자 미국에서 낳은 딸이 출세를 해서 돈을 부쳐줬다고 늠름하게 대답했다.

과히 틀린 말도 아니었다.

"헤헤헤! 그럼 대회를 시작할까?"

"대회?"

"울 할아버지 좋아하는 거!"

채나가 미소를 띠며 화투장 두드리는 흉내를 냈다.

"어허허허허! 그거 좋은 생각이다."

김 교장이 대소를 터뜨리며 찬성을 했다.

아는 사람은 다 알지만 사실 김 교장은 그 옛날 최고 학부를 졸업한 사람답게 굉장한 한량으로 재주가 많은 사람이었다.

아코디언 같은 악기도 다룰 줄 알았고 스케이트나 테니스를 즐겼으며 마작이나 화투 같은 잡기에도 능했다.

집안에 엄청난 참화가 터지자 모든 것을 자신의 부덕의 소치로 여기고 자신의 취미를 일체 폐하고 그저 잡초만을 뽑으며 지냈다.

채나는 김 교장이 그 옛날 멋쟁이 신사로, 김남수 사장이 전국을 떨치던 천하장사로 되돌아가기를 원했다.

그것이 후대의 도리라고 생각했다.

"오냐! 우리 큰손녀가 이번에 집에 내려와 이 할애비한테 효도를 하려하는구나. 손녀가 준 용돈도 두둑하겠다 이번 기회에 아들놈, 손녀놈 꿍쳐놓은 돈 좀 따먹어 보자!"

"아버님도 참? 아버님 총명이 예전 같지 않으십니다."

김 교장이 신명나서 말을 하자 김남수 사장이 간단히 오금을 걸었다.

"애비 말 잘했다. 총명이 옛날 같지 않은 이 애비에게 용돈 날리고 어디 가서 하소연하는지 두고 보자꾸나. 이래 봬도 내 화투는 일제강점기 때 왜놈 타짜한테 사사한 실력이다."

"우헤헤헤헤! 울 할아버지 넘 무서워. 완전 원조 타짜야!"

"잘 알겠습니다. 노름판에서는 부자지간도 안면몰수라고 했습니다. 아버님!"

"그래라! 옛날 씨름판에서 만난 친구들하고 놀 때처럼 열심히 해봐라."

김 교장이 연신 너털웃음을 지으며 소주잔을 들이켰다.

"청주댁! 여기 화투 한 목 가져와. 판 좀 깔고!"

"네! 교장 선생님."

김 교장이 소리치자 청주댁이 잽싸게 국방색 담요와 화투 한 목을 가져왔다.

"종목은 범국민적인 운동인 고스톱, 삼오칠천 어떻습니까? 상한가는 오만 원으로 하시죠."

김 사장이 화투를 섞으며 말했다.

"삼 점에 천 원, 오 점에 이천 원, 칠 점에 삼천 원… 상한가 오만 원이라? 약간 센 맛은 있다만 견딜 만하다."

"시간은?"

"무제한!"

채나가 물었고 김 교장이 노타임으로 대답했다.

"우헤헤헤헤헤헤! 울 할아버지 진짜 겁난다. 무제한이래, 무제한! 아빠?"

"할아버지께서 농담하시는 거란다. 채나야!"

"오냐! 이 할애비는 농담도 못하냐? 오늘 밤 10시까지 어떠냐?"

"OK! 울 할아버지, 울 아빠 개털 되기에 적당한 시간이네."

"허허! 뭐 범털 되기에도 충분한 시간이지."

"어라? 진짜 울 할아버지 만만찮은데……."

"녀석! 다른 규칙은?"

"일반 관례에 준하지 뭐!"

"좋다! 밤일낮장으로 선을 보고 출발하자."

김 교장이 개회 선언을 했다.

이윽고 손녀 아버지 할아버지 삼대가 모여 화투를 치기 시작했다.

믿기지 않게도 김 교장과 김남수 사장은 이십 년 만에 처음으로 가슴을 열고 기분 좋게 웃었다.

과연, 자식 둘과 아내, 큰며느리, 손녀를 먼저 저승으로 보낸 사람의 마음은 어떨까?

형 둘과 형수, 어머니, 조카를 한꺼번에 잃은 사람의 마음은 또 어떨까?

그 장례를 직접 치른 사람들의 마음은 어떨까?

추석이나 설 같은 명절이 돌아와 다른 집에는 웃음꽃이 필 때도 김 교장 집은 늘 우울했다.

김 교장은 죽은 큰아들이 남겨 놓은 일점혈육인 김용호를 혼인시킨 뒤 아무도 몰래 뒷동산에 올라가 한참을 울었다.

김남수 사장은 외아들인 김용주 경감을 장가보낼 때 웃고 싶었지만 웃음이 나오지 않았다.

한데 눈에 들어간 모래처럼 아팠던 녀석!

그 녀석이 한국에 들어와 TV에 출연하고 용돈을 보내줬을 때 얼마나 기뻤는지.

김 교장이나 김남수 사장은 그동안 하루에도 몇 번씩 달려가 채나를 만나고 싶었지만 그렇게 하지 않았다.

눈코 뜰 새 없이 바쁜 녀석에게 혹시 폐가 될 수도 있으니까.

지금도 김 교장은 채나가 보고 싶으면 아무도 몰래 벽장 속에 숨겨놓은 채나가 보내준 만 원짜리 뭉치를 세어 본다.

그렇게 보고 싶던 녀석이 왔다.

명절 때라고!

"아휴, 짱나! 아빠가 거기서 국화를 내면 어떡해?"

채나가 화투패를 든 채 김 사장을 쳐다보며 볼멘소리를 했다.

"미, 미안하다! 간만에 쳤더니 감각이 떨어졌어. 아버님이 청단을 치고 받을 줄이야?"

김남수 사장이 머리를 벅벅 긁었다.

"총명이 예전만큼 못한 내가 두 번째 고를 했다. 우리 예쁜 손녀는 빨리 치거라."

김 교장이 연신 너털웃음을 토하며 채나를 채근했다.

"할 수 없지, 뭐! 일단 광박이라도 면해야지."

채나가 오동 광을 먹고 팔 광을 까놓았다.

"옳지! 고도리 떴다."

김남수 사장이 반색을 하며 팔 열끗으로 팔 광을 먹고 그대로 뻑을 했다.

"켁!"

채나와 김남수 사장이 동시에 비명을 질렀다.

"어허허허헛! 우리 애비가 진짜 효도를 하는구나."

"아, 아빠! 진짜 이럴 거야?"

"후아아아! 미치겠네? 어떻게 좀 할 만하면 뻑이냐!"

"자아아! 팔 공산을 먹고 쓰리 고를 해볼까나? 허허허허!"

김 교장이 연신 너털웃음을 터뜨렸다.

"씨이! 울 아빠 때문에 진짜 화투 못 치겠어. 도대체 몇 번째 사고야?"

"허허허허! 세계적인 슈퍼스타인 우리 귀여운 손녀! 피 한 장 아직 안 주셨어요."

"여기 있잖아? 직접 가져가면 되지 꼭 배달까지 해줘야 돼."

채나가 흑싸리 껍데기를 밀어놓으면 툴툴거렸다.

"오냐 오냐! 배달은 안 해줘도 된다."

김 교장이 계속해서 웃음을 날렸다.

'어이구… 시상에 시상에나? 교장 선생님이 저렇게 웃으실 때가 다 있네?'

청주댁은 충북 청주에서 이 해죽포로 시집온 지 삼십 년이 넘었다.

새댁일 때 김 교장은 남해일고 교장 선생님으로 자전거를 타고 출퇴근을 했다.

그때부터 지금까지 한 번도 오늘처럼 저렇게 환하게 웃는 모습을 본 적이 없었다.

자식들과 부인이 죽어 나가 줄초상이 났을 때는 아예 흉측한 도깨비를 보는 듯했다.

그 김 교장이 예쁘장한 손녀딸이 온 뒤로 대낮에 술을 먹고 화투판을 벌이고 있었다.

세상 사람들 다 보란 듯이!

청주댁은 뭐라고 말로 표현은 못하겠지만 김 교장을 충분히 이해할 것 같았다.

착착착!

김 교장이 능숙한 솜씨로 화투패를 섞었다.

"이번에는 뻑하지 말고 잘해. 아빠!"

채나가 김 교장이 내미는 화투를 콕 찍으며 말했다.

"하아아! 글쎄 난 엄청 신중하게 치는데 꼭 그런다?"

"치이, 할아버지가 아니라 아빠가 총명이 나빠진 거 아냐?"

"그, 그런 것 같다."

"어허허허! 이제 슬슬 결론이 나오는구나."

화투패가 돌아가고 세 사람이 또 화투를 치기 시작했다.

"안 돼, 이 사람아! 초 띠를 먹어야지?"

굵으면서도 부드러운 음성이 답답한 듯 김 사장 뒤에서 훈수를 했다.

김남수 사장 친구인 서 선생이었다.

김용주 경감의 장인으로 서화선 경위의 아버지였다.

"어? 언제 왔나?"

김남수 사장이 화투패를 든 채 양복을 걸친 서 선생과 아내인 정 여사를 쳐다보며 물었다.

"한 십 분 됐네!"

"호호! 세 분이 너무 열심히 화투를 치셔서 판이 끝날 때까지 기다리고 있었어요. 교장 선생님!"

서 선생과 정 여사가 웃으면서 대답했다.

"아주 때 맞춰 잘 왔구먼. 내외 중에서 고스톱 실력이 괜찮은 사람이 판에 끼게. 아주 실력들이 만만찮아!"

"예, 아버님!"

서 선생이 공손하게 대답했다.

김 교장과 남해여고 국어 선생님인 서동조 선생과는 인연이 깊었다.

막내아들 친구이기도 했고 손부(孫婦)의 아버지기도 했지만 남해일고에서 같이 근무했던 동료 교사이기도 했던 것이다.

또 서 선생이 결혼을 할 때 김집 교장이 주례를 맡았고!

"먼저 절부터 받으시죠. 아버님!"

"허허허! 그럴까?"

서 선생 내외가 평상 앞에서 무릎을 꿇으며 큰절을 했다.

"그래 그래! 고맙다! 우리 집안에 애경사 있을 때나 명절 때나 서 선생이 제일 먼저 달려와 주는구나."

"아버님도 참… 별말씀을 다하시네요."

김 교장이 치사를 했고 서 선생이 얼굴을 붉혔다.

서 선생은 평안도 출신인 아버지 품에 안겨 월남했고 그 아버지를 잃은 뒤 김집 교장을 친아버지처럼 모시며 명절 때가 되면 아내와 함께 어김없이 김 교장 댁을 찾았다.

"애 엄마는 봤어? 밥은 먹었고?"

"그럼! 집에 들러서 오는 길이야."

김남수 사장이 덩치에 어울리지 않게 서 선생에게 찬찬히 물었다.

"오시느라고 고생하셨어요. 이건 정 여사님이 우리 집에서 일 하시는 알바비예요."

채나가 백만 원짜리 수표가 담긴 봉투 하나를 정 여사 손에 쥐어줬다.

"요건 서 선생님 기름값!"

채나가 다시 봉투 하나를 서 선생의 가슴에 살포시 놓았다.

"……!"

서 선생 부부가 봉투를 든 채 움찔했다.

"허허허! 괜찮네. 옛날부터 우리 집안에서는 명절 때 손님들이 오시면 소액이나마 거마비를 드렸네. 어느 때부턴가 자손들 형편이 어려워지면서 사라졌지만… 금년부터 우리 돈 잘 버는 큰손녀가 대신할 모양일세. 부담 없이 받게!"

김 교장이 여유 있는 웃음을 흘리며 해답을 제시했다.

"허어 참! 지난번 화선이 혼인 때 보내주신 축의금 건도 인사를 못 드렸는데 원?"

"정말 고마웠어요, 채나 씨! 덕분에 생전 처음 해외 물을 먹어봤어요."

"헤헤, 아니에요. 제가 직접 찾아뵀어야 했는데 죄송합니다."

서 서생 부부가 인사를 하자 채나가 정색을 하며 손을 저었다.

"허허허허! 이 녀석 마음 씀씀이는 우리 같은 범부는 상상을 못 한다네. 두고 보게! 우리 집안에서 세계를 뒤흔드는 거물이 출연할 걸세……."

"여보세요 교장 선생님? 훈화는 나중에 하시고 하시던 일이나 마저 하시죠. 아빠랑 내가 지금 얼마를 잃은 줄 알아?"

채나가 민망한 듯 김 교장의 말을 중간에서 잘랐다.

"어허허허! 상황이 이렇다네. 이 판 끝나고 애기하세, 서 선생!"

"예예! 아버님."

김 교장이 채나를 약 올리듯 서 선생을 보며 느릿느릿 웃으면서 말했다.

"아빠 파이팅!"

"가자! 우리 큰딸."

짝! 채나와 김 사장이 화투패를 든 채 하이파이브를 하며 전의를 다졌다.

"어허허허허!"

김 교장이 두 사람을 지켜보며 또다시 너털웃음을 흘렸다.

"……!"

서 선생과 정 여사가 눈이 커진 채 마주봤다.

아버님이 계속해서 웃으시네!

'채나 씨가 엄청나긴 엄청나구나. 단 한 번 내려와서 만년 빙벽처럼 쌓여 있던 교장 선생님의 시름을 날려 버렸어.'

따르릉!

그때, 김남수 사장의 품에서 휴대폰이 울었다.

김남수 사장이 움찔하며 채나 눈치를 본다.

"빨리 받아! 아빠한테 삑 하지 말라는 전화야."

"어헛헛헛헛!"

채나가 귀엽게 짜증을 내자 김 교장이 다시 웃어 댔다.

"소 두 마리가 배달됐다고?! 안동 한우?"

김남수 사장의 큰 눈이 축구공만큼 커진 채 김 교장을 쳐다보며 전화를 받았다.

"빨리 왔네. 막걸리 공장 안으로 들여 놓으라 해. 아빠!"

채나가 바닥에 깔린 화투 패를 주시하며 지나가는 말처럼 얘기했다.

"니, 니가 시킨 거냐?"

김남수 사장이 전화기를 든 채 당혹한 얼굴로 채나를 쳐다봤다.

"응! 아빠가 이거 가지고 가서 계산해 주고 와."

채나가 카드를 김 사장에게 건네주며 짧게 대답했다.

"알았다! 내 금방 갈 테니 소들을 공장 안으로 들여놓고 잠시 기다리라고 해."

김남수 사장이 황급히 전화를 끊었다.

"무슨 소를 두 마리씩이나 샀어? 안동 한우면 값이 무척 비쌀 텐데?"

"오랜만에 우리 집안 분들에게 내가 한턱내는 거야. 한 마

리는 우리 식구들 먹고 한 마리는 손님들과 일가 분들께 나눠
주자고."

"오냐 오냐! 우리 손녀 아주 잘했다. 고기가 없지 먹을 사
람이 없겠느냐? 고래로 명절 때는 음식들을 푸짐하게 차려서
오시는 손님들과 동네사람들에게 골고루 나눠주는 게 우리
집안의 전통이다."

김 교장이 흐뭇하게 표정으로 설명을 했다.

'어이구! 진짜 채나 씨 굉장하다. 무슨 소를 두 마리씩이나
사와? 그것도 한 마리에 오백만 원 이상 간다는 안동 한우
를?'

서 선생 부부가 고개를 절레절레 저었다.

"허허허! 선조들께서 아주 좋아하시겠구나. 후손을 잘 두
신 덕에 안동 한우를 다 잡수시게 됐으니 말이다. 애비는 소
들을 공장에 두지 말고 우리 집 큰 마당에 걸어 놓거라! 식구
들도 손님들도 동네 사람도 하늘에 계신 조상님들도 다 잘 보
실 수 있도록!"

"예! 아버님. 서 선생 같이 가자고."

"그, 그러지!"

김남수 사장과 서 선생이 자리에서 일어났다.

*   *   *

채나의 작은아버지 김남수 사장이 남해 해죽포 횟집 평상에서 몸을 일으켰을 때,

우리나라 스포츠 신문 중 구독률 1위라는 매일 스포츠 신문사 사무실에서 야구담당 기자인 강정기도 막 자리에서 일어났다.

팩스가 왔다는 신호가 들렸기 때문이다.

"으흐흐흐!"

강 기자가 팩스 용지를 읽으며 낄낄댔다.

"무슨 내용인데 그렇게 웃으세요? 강 선배님,"

강 기자 옆자리에 앉아서 거울을 보며 립스틱을 칠하던 기타 종목담당 여기자인 최인희가 의아한 표정으로 바라봤다.

"직접 보셔!"

강 기자가 최 기자에게 팩스용지를 던졌다.

〈대한사격협회 국내대회 출전규정 개정에 관한 공고〉

우리 대한사격협회에서는 대법원과 여성가족부의 남녀차별 방지와 여성지위 향상이라는 숭고한 권고를 정중히 받아들이고자 합니다.

이에, 남자 선수들에 비해 상대적으로 뒤져 있던 여자 선수들의 경기력 향상을 위해 국내대회의 출전규정을 개정합니다. 많은 협조 부탁드립니다.

1. 모든 여자 선수는 남자부 경기에 출전할 수 있다.

단, 올림픽 지정 종목으로 하되 남자 일반부 경기에 한 한다.

2. 남자 일반부 경기는 여자 선수들의 체력적인 부담을 덜어주기 위해 일일 최소 종목을 실시하는 것을 원칙으로 한다.

3. 이상 개정된 규정은 2002년 전국체육대회부터 시행한다.

—대한사격협회장 유 택 근

"사격협회에서 이제 정신 차렸나 보네요. 수십 년 동안 곰곰이 생각해 보니까 지들 엄마나 할머니가 여자인 걸 눈치챘나 보죠?"

"하하하!"

최 기자가 너스레를 떨자 강 기자가 가볍게 웃었다.

"괜찮은 아이디어군요. 아무래도 기록이 좋은 남자 선수들과 시합을 하다 보면 여자 선수들이 얻는 게 많겠죠. 남자 선수들이야 좀 떫겠지만!"

최 기자가 팩스 용지를 살펴보며 이죽거렸다.

"존경하는 최인희 신참 기자님! 기자답게 그 공문의 행간을 잘 읽어보시죠."

강 기자가 공문을 더 자세히 읽어볼 것을 권했다.

"행간을 읽어요?"

"그래! 문장 속에 숨겨진 뜻을 캐 봐. 그냥 쓰여 있는 대로 받아들이지 말고!"

"……?"

"언제부터 대한사격협회에서 우리나라 여성 지위향상과 남녀차별에 그토록 관심이 많으셨대? 그건 다분히 한 사람을 겨냥한 포석이라고!"

"김.채.나?!"

"다행이다. 형광등이긴 해도 완전히 고장 난 건 아니네."

"이 나쁜 선배님!"

팍! 최 기자가 바르던 립스틱을 강 기자에게 던졌다.

"아무튼 사격협회도 노력한다. 넝쿨채 굴러온 호박을 어떻게든 맛있게 요리를 해보려고 애써!"

"그럼 사격협회에서 김채나 스타 만들기에 돌입한 거예요, 선배님?"

"스타 만들기? 누구? 김채나?!"

"깔깔깔! 핫핫핫!"

최 기자의 말에 강 기자를 비롯해 주위에 모여 있던 대여섯 명의 기자가 어처구니가 없다는 듯 웃어댔다.

"이쯤에서 또 김채나가 최 기자한테 쪽 한 번 파는구만!"

"김채나 참 불쌍타. 한국에 와서 대체 쪽을 몇 번씩이나 파는 거야?"

"테러리스트로 오인 받아서 취조를 당해? 기수로 착각해서 말똥을 쳐? 매니저보다 적은 출연료를 받아?"

"조폭새끼들 혼내줬더니 되레 잘려? 미친놈이 쫓아와서 총으로 쏘려고 지랄이야? 믿었던 매일 스포츠 최 기자까지 썽까!"

"으흐흐흐! 낄낄낄!"

기자들이 다시 낄낄댔다.

"최 기자가 병아리 기자라서 뭘 모르는 것 같은데 확실히 알아둬."

강 기자가 의아한 표정으로 눈을 껌벅이는 최 기자에게 다시 점잖게 충고를 했다.

"김채나가 연예계에서는 슈퍼스타정도지만 스포츠계, 특히 사격계에서는 신(神)이야. 살아 있는 신!"

옆자리에 앉아 있던 축구담당 차학철 기자와 농구 배구담당 이정우 기자가 한마디씩 했다.

"기, 김채나가 그렇게 대단해요?"

"어후― 최 기자 같은 사람들 때문에 대한민국 기자들 해외연수를 많이 보내야 돼!"

"미국이나 유럽 쪽에 가서 사격 선수 김채나 이름을 대 봐. 우리가 생각한 것보다 열 배쯤 더 유명해. 특히 IOC 국제올림픽조직위원회에 들어가 보라고. 지난번 사마란치 위원장은 아예 김채나를 업고 다녔어. 시드니 올림픽 때는 김채나 스케줄에 맞춰 경기 일정을 조정했을 정도야."

다시 강 기자와 차 기자 등이 신참 기자 최인희를 깨우쳐 줬다.

"그럼, 이 건은 김채나 사격협회 구하기네요?"

"김채나 사격협회 구하기? 호오, 좋은데!"

"그 제목으로 2면 박스 기사 하나 써 봐. 데스크도 흡족해할 거야."

"오키! 오늘 저녁 호프 제가 쏩니다."

신문사 선배들인 강 기자와 차 기자의 격려에 최 기자가 재빨리 노트북을 열었다.

박스기사란 말 그대로 신문 잡지의 기사 가운데 사방을 선으로 둘러싼 기사를 지칭한다. 주로 사설, 가십, 해설, 미담기사 등이다.

데스크는 편집부장이나 편집국장 등 윗사람을 말하고!

"흐음! 이번 전국체전은 기대되는데? 잘하면 만화에서도 볼 수 없는 황당무계하기 짝이 없는 15관왕이 탄생될 수도 있겠어."

"15관왕이요!?"

강 기자의 15관왕이란 말에 최 기자가 입을 쩍 벌렸다.

전국체전은 전국체육제전의 줄임말로 정식 명칭은 전국체육대회다.

일제강점기인 1920년부터 시작된 이 대회는 2002년인 올해 꼭 83회째로 돌아오는 11월 제주도에서 열린다.

이번 대회는 육상, 수영, 체조, 사격 등 정식 38종목 소프트볼 등 시범 2종목까지 총 40종목에 2만여 명의 선수가 참가해 일주일간의 열띤 레이스를 펼친다.

특히, 이 전국체육대회는 시도대항전으로 열리는 대회 성격 덕분에 매해 부정선수 시비가 일 만큼 경쟁이 치열했다.

"올림픽 사격경기에는 남자 9종목, 여자 6종목 모두 15종목에 15개의 금메달이 걸려 있어. 우리나라 전국체전에는 70여 개의 금메달이 걸려 있지만 말야. 이 공문대로라면 여자 사격선수인 김채나는 전국체전 15종목에 출전할 수 있어. 김채나 실력이면 올 킬하고도 남고!"

"……!"

"김채나가 대한민국 건국 이래 최고의 히트 상품이라더니 여기저기 많이도 먹여 살린다. 이젠 우리 최 기자한테까지 떡밥을 나눠주네!"

"아하하하!"

축구 담당기자 차학철이 슬쩍 최인회 기자를 놀리자 강 기자 등이 폭소를 터뜨렸다.

타타탁!

최 기자가 선배기자들의 놀림을 한쪽 귀로 흘리며 열심히
노트북 자판을 때렸다.

과연 이 지구상에 단 한 명도 없었던 15관왕이 탄생될 것인가?

최인희 기자가 쓴 기사의 타이틀이었다.

15관왕!

대한사격협회에서 대회 출전규정까지 바꿔가며 만들어낸
황당한 타이틀.

그랬다.

강 기자의 설명대로 이번에 대한사격협회에서 개정한 규
정대로라면 여자 사격 선수들은 11월에 열리는 전국체육대
회부터 올림픽 종목으로 지정된 모든 사격경기에 출전할 수
있었다.

즉, 우리나라 여자 사격 선수들은 능력만 된다면 15관왕에
오를 수 있다는 뜻이었다.

대중들의 인기를 먹고사는 연예계나 스포츠계는 늘 대중
들의 이목을 집중시키는 이슈, 화제가 있어야 발전한다.

그 사실을 대한사격협회는 너무 잘 알고 있었다.

지구 최고의 총잡이요, 세계적인 슈퍼스타인 김채나를 이용해 비인기 종목인 사격 경기에 대중들의 관심을 끌어보고자 짜낸 고육지책이었다.

어쨌든, 대한사격협회는 15관왕이라는 협회 창설 이래 가장 큰 화제를 만들어 냈다.

대한민국의 모든 매스컴과 대중들의 시선을 집중시키는 데 성공했고!

채나가 먹여 살리는 사람은 신문사뿐만 아니라 방송사에도 있었다.

15관왕을 탄생시킨 대한사격협회 공문은 매일 스포츠의 강정기 기자만 주목한 게 아니었다.

KBC DBS와 함께 우리나라 삼대 메이저 방송사 중 하나인 MBS 보도본부의 기자한 사람도 대한사격협회에서 보낸 공문을 살펴보며 골똘히 생각에 잠겨 있었다.

한 손으로 열심히 볼펜을 돌리면서.

15관왕이라?

아주 먹음직한 놈이긴 한데 나 혼자 먹을 수 없다는 게 함정이야.

KBC, DBS 할 것 없이 대한민국 모든 스포츠 기자가 몽땅 메인타이틀로 보도하고 재탕, 삼탕 우려먹을 게 뻔해!

DBS 〈우스타〉에서 KBC의 주 기자와 함께 스파이로 암약했던 국민 싸가지 공갈배 기자였다.

MBS 보도본부 소속인 공 기자는 얼마 전에 끝난 대대적인 문책성 인사이동에서 겨우 살아남아 스포츠부로 전보발령을 받았다.

경쟁방송사인 KBC, DBS와의 시청률 전쟁에서 패했다는 죄목이었다.

위기의식을 느낀 공 기자가 뭔가 한 건 하려고 열심히 머리를 굴리며 촉을 바짝 세우고 있을 때, 대한사격협회에서 떡밥을 던져줬다.

떡밥의 종류는 고소한 냄새가 물씬 풍기는 김채나 15관왕 만들기였다.

"큭큭! 사격협회도 나처럼 어떻게든 살아보려고 발버둥을 치네."

공 기자가 다시 한 번 대한사격협회에서 보낸 공문을 살펴봤고,

"아무튼 김채나 고맙다. 네 덕분에 연예부에서도 잘 먹고 잘 살았고 스포츠부에서도 굶지는 않을 것 같다."

전매특허인 비릿한 미소를 띠며 나직이 중얼거렸다.

삐잉!

공 기자가 어떤 감이 잡혔는지 잽싸게 책상 위에 놓인 데스

크 탑 컴퓨터를 켰고,

제83회 제주도 전국체육대회 각 종목 출전 선수 명단.

곧바로 인터넷에 접속해 뭔가 검색하기 시작했다.

승마, 골프, 볼링, 보디빌딩…….

공 기자가 양철 지붕 위에 소나기가 쏟아지듯 키보드를 빠르게 두드렸다.

촤르륵!

잠시 후, 흡족한 표정으로 프린터에서 A4용지를 뽑아냈다.

공 기자가 자신이 작성한 기획안을 신중하게 검토를 한 뒤 스포츠부 장수종 차장 책상 위에 대한사격협회에서 보내온 공문과 함께 올려놓았다.

"연예인 김채나 사격, 내과 의사 성현우 골프, 변호사 설수린 승마… 굉장하네!"

장 차장이 공 기자의 기획안을 살펴보며 탄성을 토했다.

"전국체전에 출전할 정도면 프로라는 말인데 의사, 변호사, 연예인 등으로 활동하면서 언제 이렇게 엄청난 실력들을 키웠지?"

"저는 세 살 때부터 피아노를 치기 시작했고 여섯 살 때 태권도 검은 띠를 땄죠!"

공 기자가 국민 싸가지답게 별일 아니라는 듯 느물거렸다.

"그래! 공 기자 또래들은 사교육 세대지. 태권도, 피아노, 영어는 모태 과목이고. 이 친구들도 어릴 때부터 과외를 했겠구먼."

"내과 의사인 성현우는 네 살 때부터 골프장을 들락거렸답니다. 설수린이는 백일상에 볼링공이 올라왔고요."

"핫핫! 대한민국 엄마들 치맛바람은 알아줘야 돼. 덕분에 우리나라에서 세계적인 인재들이 많이 배출됐지만 말야!"

장 차장이 가볍게 웃으며 공 기자의 말을 받았고,

"근데 김채나가 체전에 나올까? 이미 오십 년 후에 있을 칠순 잔치 스케줄까지 꽉 잡혀 있다는데!"

채나의 살인적인 스케줄을 밝히며 다짐하듯 질문을 던졌다.

"이번 전국체전 출전자 명단에 한국마사회 사격 선수 겸 수석코치로 등재돼 있었습니다. 경기도 대표로 출전하구요. 사격협회에서 보낸 공문으로 미뤄 사전에 조율이 된 것 같습니다. 15종목은 뺑이라고 해도 서너 종목에는 분명히 나올 겁니다."

공 기자가 마치 한국마사회 사격단 감독처럼 단언했다.

"협회나 체육회 체면 때문이라도 말이지?"

"예! 김채나는 사격 선수로서 체육계에 남다른 애정을 갖고 있습니다. 스스로 애국가 전담 가수라고 표현할 만큼 체육계에서 주최하는 수많은 행사에 출연했고요."

"…전국체전을 앞두고 의사, 변호사, 연예인 등 이색 직업을 갖고 있는 출전선수들을 섭외해 스포츠 대담시간을 갖는다? 재미있겠어. 김채나가 끼니까 확실하게 꽂히는데!"

"그럼 OK 하시는 겁니까, 차장님?"

"물론이지! 그 유명한 공갈배가 우리 스포츠부에 왔는데, 공갈 한번 쳐야지."

"으흐흐, 차장님도 참!"

장 차장이 흐뭇한 표정으로 공 기자를 데리고 봉두일 스포츠부장 방으로 건너갔다.

대한사격협회에서 보낸 공문과 공 기자의 기획서를 봉 부장에게 내밀었다.

"호오! 전국체전을 빌미로 세계적인 슈퍼스타인 김채나를 우리 방송사 스튜디오로 불러낸다? 아주 의미심장한 발상이야."

봉 부장이 기획안을 살펴보자마자 베테랑 기자답게 공 기자의 의도를 간단히 꿰었다.

"딱 필이 오네! 공 기자 특유의 촉이 발동했구나. 좋아! 박

PD하고 상의해서 잘 만들어 봐라."

"옛, 부장님!"

봉 부장이 주저없이 OK 사인을 냈고 공 기자가 어깨에 힘을 준채 방을 나갔다.

"장 차장은 남고!"

봉 부장이 장 차장을 넌지시 잡았다.

뭔가 할 말이 있다는 뜻이었다.

"김채나가 나올까?"

봉 부장이 손수 커피를 타서 장 차장에게 건네주며 10분 전에 장 차장이 공 기자에게 했던 똑같은 질문을 던졌다.

"물론입니다. 김채나는 한국체육회 이사로서……."

"체전 말고! 우리 방송사에 말야?"

"에에?"

똑같은 질문은 아니었다. 장소가 약간 달랐다.

철컥!

봉 부장이 슬쩍 창밖을 쳐다보며 방문을 잠갔다.

아주 심각한 일이 있다는 리액션이었다.

MBS 보도본부 봉두일 부장은 일 년 365일 내내 방문을 열어놓는 오픈 마인드를 지향하는 기자로 유명했다.

"아무래도 김치환 예능본부장님과 국장님 몇 분이 옷을 벗을 것 같다. 장 차장!"

"무, 무슨 말씀이십니까? 부장님! 엊그제 인사이동 다 끝난 거 아니었습니까?"

장 차장이 봉 부장의 뜻밖의 말에 충격을 받고 말을 더듬었다.

MBS 같은 메이저 방송사의 본부장이나 국장이면 군대로 비교하면 장성들이다.

별은 따기도 쉽지 않지만 쉽게 떨어지지도 않는다.

그 별들이 우수수 떨어진다니 놀랄 수밖에 없었다.

"김 본부장님이 김채나를 강아지 취급하면서 보낸 문자가 끝내 발목을 잡았어."

"예에? 그 문자 건은 오래전에 해결되지 않았나요? 김 본부장님이 KBC의 이 사장과 캔 프로의 강 관장까지 있는 자리에서 김채나에게 사과를 하셨다면서요?"

장 차장이 눈살을 찌푸리며 이마에 맺힌 땀을 훔쳤다.

MBS 김치환 예능본부장이 채나에게 보낸 문자.

지난여름 파주 사계절 슈퍼 언덕위에서 채나가 KBS 이영래 사장 등과 있을 때 '집 나간 여자 개'로 시작되는 위트가 담긴 그 문자였다.

"장 차장, 오늘 우리 방송사 홈피에 들어가 봤어?"

"뭔 일 있습니까? 접속이 안 되던데요."

봉 부장이 뜬금없는 질문을 던졌고 장 차장이 기자 특유의 축으로 음습한 냄새를 맡았다.

"사흘 전부터 김채나 팬들이 융단폭격 중이야. 어디서 어떻게 구했는지 지난번에 김 본부장님이 김채나에게 보냈다는 문자, 그 글이 팬클럽 사이트에 올라왔어. 그 결과 우리 방송사 홈페이지가 먹통이 됐고! 김 본부장님 집까지 쳐들어가서 난리를 피우고 말야."

"하아아참! 뒷북도 이런 뒷북이 다 있나? 쌀이 밥이 되다 못해 뱃속으로 들어가서……."

"어떤 놈이 김 본부장님을 죽이려고 작업을 했어. 발신 날짜를 살짝 바꿨더라고!"

봉 부장이 장 차장의 말을 끊으며 MBS 홈페이지가 마비된 상황을 정확히 설명했다.

"진짜 이 방송가 없는 정마저 떨어지네요. 법 없이도 살 양반을 어떤 빌어먹을 놈이 음해를 하죠?"

"글쎄 말이다. 용한 무당을 불러서 굿을 하든지 해야지 안 되겠어. 김채나한테 농담으로 '개' 자 한 번 썼다가 부관참시까지 당하는 판이니 원!"

장 차장과 봉 부장이 부관참시라는 말까지 써가며 씩씩댔다.

부관참시란 죽어서 관속에 들어가 있는 시체를 꺼내 또다시 목을 베는 것을 뜻한다.

김 본부장이 채나에게 사과를 해서 오래전에 해결된 일을 채나 팬들이 다시 들고 일어난 것을 비유한 말이었다.

"아니, 김채나는 뭐하죠? 말도 안 되는 일을 가지고 지 팬들이 난리를 피우는데 모르쇠로 일관합니까?"

"그러잖아도 김채나가 부랴부랴 팬 사이트에 들어가 성지를 내리셨단다. 팬클럽이 하루에도 수십 개씩 늘어나는 통에 김채나조차 몇 개나 되는지 모른다는 게 문제지만!"

"어이구— 그럼 빨리 경찰에 신고해야 합니다. 김채나 빠들은 완전 광신도들이에요. 어떤 일을 저지를지 몰라요. 부장님도 지난번 엑스포 축제 때 보셨잖습니까? 칠십 노인네가 눈물을 줄줄 흘리며 연신 큰절을 하는 거!"

"정말 김채나한테 어떤 신통력이 있나봐! 어제 김 본부장님이 직접 경찰에 가서 신고를 했는데 젊은 경찰 놈이 씨익 웃으면서 '죄를 지었으면 벌을 받는 게 당연한 거 아닌가요?' 하며 되묻더란다."

"그, 그 경찰 놈도 틀림없이 채나교도입니다."

"그래! 김 본부장님도 그런 생각이 들어서 소름이 끼쳤단다."

"경찰, 군인, 조폭들까지 김채나 광신도들이니… 이거 심각하군요. 대한민국이 아니라 채나민국이란 말이 틀림없어요."

진짜 심각했다.

스타를 쫓는 팬들이 얼마나 살벌한지 아이돌 팬들을 보면 쉽게 안다.

　자신이 좋아하는 스타를 만나기 위해 밤을 새우는 것은 기본이요, 하루 24시간 내내 몇 달이고 따라 붙었다.

　그야말로 스타의 일거수일투족에 웃고 울었다.

　사대 팬클럽, 오대 팬클럽, 골수팬, 사생팬 등등이 괜히 나온 말들이 아니다.

　실제로 미국이나 유럽 일본 등지에서는 자신이 좋아하는 스타가 죽었을 때 팬들이 그 스타를 따라 동반자살을 했을 정도니까!

　하지만 그 팬들도 채나 팬들과는 여러모로 비교가 안 됐다.

　아니, 클래스 자체가 틀렸다.

　채나 팬들은 아이돌 팬들처럼 십 대들이 주가 아니었다.

　십 대부터 칠십 대까지 광범위하게 퍼져 있었다.

　학생들뿐만 아니라 회사원, 교사, 사업가, 정치가 등 아주 다양했고!

　사실, 채나는 연예인이 되기 전에 이미 유명한 사격 선수였기에 세계 각지에 팬이 제법 많았다.

　고등학교 시절 재미유학생인 한국인 대학생 백여 명으로 이루어진 〈채나교〉가 정식으로 결성됐다.

　현재는 천여 명 가까이 불어나 더욱 왕성하게 활동을 했다.

거기에 채나가 빌보드 차트를 넘나드는 가수가 되고 배우로서까지 영역을 넓히면서 진정한 토탈 엔터테이너가 되자 한국은 물론 세계 각국에서 팬들이 무한 분열하는 세포처럼 기하급수적으로 늘어났다.

지금 이 순간에도 세계 각처에서 채나 팬클럽이 신설되고 있었다.

문제는, 채나를 따르고 좋아하는 팬들이 진짜 채나를 신으로 착각하면서 점점 종교적인 색채가 짙어지고 있다는 점이었다.

기독교인들이 예수님을, 불교도들이 부처님을, 이슬람교도들이 알라신을 믿듯 채나교도 들은 채나를 믿었다.

이 광신도들이 신성 모독죄로 김치환 본부장을 공공의 적으로 규정하고 척살령을 내렸던 것이다.

팬덤(Fandom) 광신자 집단!

광신자(Fanatic)의 머리글자와 왕국(Kingdom)의 뒤 글자를 따서 만든 합성어.

채나 팬들에게 딱 어울리는 어휘였다.

"일단, 김채나 섭외는 내가 책임진다."

봉 부장이 책임자답게 매듭을 지었다.

"가능하겠습니까, 부장님? 김채나와 우리 MBS는 악연에다가 이 난리 통인데?"

"KBC의 안 본부장님이나 계 본부장님을 통하면 어떻게 되겠지!"

"아 그렇군요! 그분들하고 부장님 서울대학교 동문이셨죠?"

"그리 가까운 사이는 아니지만 어쩔 수 없지 뭐. 안 본부장님은 대학 동아리 선배님이시니까 내가 부탁드리면 김채나를 만나게 해주실 거야."

"그러실 겁니다. 김채나를 KBC로 스카우트한 것도 그분들이었으니까요."

"대신 이번 김 본부장님 건은 우리가 해결하자! 예능이나 드라마 쪽 돌머리들을 믿다가는 우리까지 실업자가 되겠어."

"……!"

"아까 공 기자 기획안을 보다가 떠올랐는데 이번 프로를 가능한 빨리 제작해서 방영하자고. 재방송도 여러 번 내 보내고 말야. 모든 김채나 팬이 볼 수 있도록."

"우리 MBS에서는 시사프로에서조차 김채나를 존중합니다. 우리 MBS는 김채나를 너무너무 예뻐해요. 팬 여러분들 오해 마세요. 우리 MBS 많이 사랑해 주시구요!"

느닷없이 장 차장이 예쁜 여자 아나운서 목소리를 흉내 냈다.

"후훗훗! 그래 그 뜻이지. 더불어 우리 스포츠부에서 김채

나 마음에 쏙 드는 프로를 하나 만들어 선물해 주자고. 김채나가 절대 거절할 수 없는 프로그램!'

"아주 멋진 시나리오입니다. 떡 본 김에 제사 지낸다고 이 참에 김채나를 우리 MBS에 묶어놓죠."

"차장님, 나이 샷!"

봉 부장과 장 차장이 의미심장한 웃음을 교환했다.

채나가 절대 거절할 수 없는 프로그램.

채나가 정말 마음에 들어 했던 프로그램.

채나가 연예계 은퇴를 선언한 그날까지도 미련을 버리지 못했던 프로그램.

그 유명한 MBS의 초장수 예능 프로그램인 〈김채나의 세상에서 제일 맛있는 방송〉!

이렇게 일명 〈채나 먹방〉은 예능 PD나 드라마 PD들이 아이디어를 낸 것이 아니라

뜬금없게도 스포츠 기자들의 머리에서 나왔다.

채나가 먹여 살리는 사람은 매일 스포츠와 MBS뿐만 아니라 우리나라의 유일한 국영방송인 KBC에도 있었다.

"아핫핫핫!"

KBC 시사프로의 간판인 아홉 시 뉴스의 메인 앵커.

안수범 보도본부장이 분장실에 앉아 대한사격협회에서 보

낸 공문을 든 채 파안대소를 터뜨렸다.

"15관왕이래? 15관왕? 진짜 눈물 난다, 눈물 나! 자식들이 어떻게든 우리 채나를 이용해 장사를 해보겠다는 수작이야."

"좋게 생각하시죠. 본부장님! 비인기종목인 사격경기를 좀 더 많은 대중에게 홍보하겠다는 불타는 신념쯤으로!"

옆에 서 있던 석창모 PD가 미소를 지었다.

"불타는 신념 같은 소리한다. 두고 봐라! 이 새끼들 체육부나 체육회와도 얘기가 된 것 같은데 이번에 전국체전 사상 최초로 사격경기에서 입장료를 받을 거다. 채나가 참석하는 입장식이나 폐막식에서도 어떤 꿍꿍이를 드러낼 거구."

"큭큭! 역시 예리하시네요. 이미 사격협회에서 입장권 인쇄에 들어갔답니다. 개막식과 폐막식 때 채나 씨 사인이 새겨진 기념품을 판매하구요."

"핫핫핫! 호호호!"

안 본부장과 장희숙 아나운서실장 등이 낄낄댔다.

"이렇다니까! 운동하는 놈들이 돈을 얼마나 밝히는 줄 알아? 어리숙한 척하면서 노름, 술, 계집애… 아주 할 짓 못할 짓 다한다고!"

"아, 예에!"

"이번은 봐준다. 대한사격협회에 번듯한 사격경기장 하나 없다니까. 다음에 또 우리 채나를 이용해 장사를 하면 그땐 날려 버릴 거야. 새끼들!"

안 본부장이 눈을 부라렸다.

모든 대한민국 중년남자의 로망.

경남 마산에서 대선주의 외동아들로 태어나 서울대학교를 졸업한 후 KBC 기자로 입사해 명실공히 KBC의 이인자 자리까지 오른 안 본부장은 장관이나 대통령 앞에서도 직언을 하는 것으로 유명했다.

"그래! 나한테 부탁할 일이 있다는 게 뭐냐? 석 부장!"

안 본부장이 석 PD를 맞은편 거울로 쳐다보며 물었다.

"전국체전을 앞두고 다관왕 후보 일곱 명을 섭외하고 있습니다."

"그건 매해 한 거 아냐? 각 종목의 유망주들을 인터뷰해서 내보내는 거!"

"예! 작년 전국체전 육상 4관왕 최한덕, 체조 6관왕 양홍선, 수영 5관왕 박태일, 양궁 2관왕 김향선 등은 이미 섭외가 끝났습니다. 죄송합니다만 채나 씨는 본부장님께서 좀 연락해 주셨으면 합니다."

"왜 채나 매니저 하고 연락이 안 돼?"

"채나 씨가 전 세계 연예인 중에서 매니저도 휴대폰도 없는 유일한 사람입니다."

"자식이 여전히 막가파네. 어디쯤 있는지 짐작도 안 돼?"

"어제 휴가 차 남해 할아버님 댁에 내려갔다고 KBC 뉴스에 떴더군요. 큭큭!"

"흐훗! 남해에 내려갔다고?"

석 PD와 안 본부장이 쓰게 웃었다.

KBC뉴스를 제작하는 석 PD가 채나 소식을 KBC 뉴스에서 알았다고 하니 말하는 사람도 듣는 사람도 기가 막혔던 것이다.

그래도 천만다행이다.

외계인이 아직까지 지구에 머물러 있으니까!

두 사람은 또 이렇게 생각했다.

"잠깐만… 남수 번호가 어떻게 되더라?"

안 본부장이 휴대폰을 꺼내 번호를 확인했다.

"오야! 내 수범이다. 우리 천하장사는 잘 있었나?"

휴대폰으로 통화를 하던 안 본부장의 말투가 갑자기 고향인 경상도 사투리로 바뀌었다

안 본부장은 채나의 작은아버지인 김남수 사장과 친구였다.

옛날처럼 자주는 아니었지만 지금도 연락을 주고받았다.

"그래, 자석아! 내일모레 환갑인 이 형님은 여전히 가시나 꽁무니 쫓아다니기에 바쁘다카이 하핫! 채나, 어딨노? 아버님 하꼬? 아버님 전번 대봐라!"

안 본부장이 휴대폰을 끊었다가 다시 조심스럽게 번호를 눌렀다.

이번엔 정중한 표준말이었다.

"안녕하셨어요, 아버님! 예, 저 수범입니다. KBC에서 근무하는 안수범이요. 예예! 잠깐 채나 좀 바꿔주세요. 작은아빠다! 그래, 몸조심해."

잠시 후 안 본부장이 휴대폰을 주머니에 넣었고,

"섭외가 됐습니까?"

석 PD가 황급히 물었다.

"섭외를 하고 말고가 어디 있어? 내가 지 작은아빠인데 무조건 콜이지. 사흘쯤 남해에 머물 예정이라니까 이 번호로 통화하고 가."

"고맙습니다, 본부장님!"

"근데 몇 분짜리야? 언제 내보낼 거야?"

돌연, 미소를 띤 채 석 PD와 대화를 나누던 안 본부장이 얼굴을 딱딱하게 굳혔다.

전 세계인이 주목하는 슈퍼스타라는 채나의 신분이 새삼 떠올랐던 것이다.

채나와 같은 거물과 일을 하면서 아차 실수라도 하면 그대로 줄초상이 난다.

지켜보던 광팬들이 쓰나미를 일으키기 때문이다.

"일단 다른 친구들은 20분에서 30분 분량으로 제작하겠습니다. 채나 씨는 60분 이상 분량으로 편집해서 체전 일주일 전쯤 마지막 순서로 내보낼 거고요."

"좋아! 그 정도면 괜찮아. 5분이나 10분짜리를 내보내면 채나 팬들이 난리를 칠 거야. 지네 교주를 모욕했다고 말이지. DBS와 MBS 초토화되는 거 봤지, 석 부장?"

"옙! 명심 또 명심하겠습니다."

석 PD가 채나에게 충성을 다할 것을 맹세했다.

"리포터는? 누구 정해졌어?"

"그건 아직… 본부장님이 추천 좀 해주시지요. 이왕이면 여자 아나운서로 갔으면 좋겠습니다. 프로 성격이 예능이 아니라 시사 쪽이니까요."

"금 아나로 가. 혜원이가 스포츠 뉴스도 해봤고 또 요즘 잘 나가잖아?"

"아, 예! 금혜원 아나운서 좋죠. 그럼 이번 프로는 금혜원 아나운서를 메인 리포터로 하겠습니다."

석 PD가 힘차게 고개를 주억거렸다.

"석 부장님! 명색이 내가 KBC 아나운서실장인데 본부장님보다 나한테 먼저 물어봐야 하는 거 아냐?"

섹시한 매력을 풍기는 미모의 중년 여성.

장희숙 아나운서실장이 석 PD에게 까칠한 말투를 날렸다.

"아차차, 죄송합니다, 실장님! 본부장님하고 말씀을 나누다 보니 제가 실수를 했습니다."

석 PD가 장 실장의 만만찮은 성격을 익히 경험한 듯 잽싸게 사과를 했다.

장희숙 아나운서실장은 KBC 아나운서들의 대장으로 올해 나이 꼭 쉰이었다.

십여 년 전 남편과 헤어졌다.

예쁘게 말하면 돌아온 싱글이었고, 나쁘게 말하면 이혼녀였다.

젊었을 때 안 본부장과 스캔들을 일으켜 세간의 화제가 된 적이 있었다.

물론 지금도 아주 가까운 사이였고!

"난 금 아나보다 박 아나, 박초아 아나운서가 좋을 것 같은데? 석 부장님!"

"안 돼! 박초아는 정치나 시사 쪽은 몰라도 스포츠는 아니야. 금혜원이로 가."

안 본부장이 장 실장의 의견을 간단히 묵살했다.

"알겠습니다. 본부장님!"

석 PD가 시비에 휘말리기 싫은 듯 재빨리 인사를 한 뒤 분장실을 나갔다.

"다 끝났습니다. 본부장님."

그때, 스타일리스트인 이신정이 파운데이션 패드를 든 채 안 본부장의 얼굴을 살피며 공손하게 보고를 했다.

"수고했다, 이신정! 갈 때 택시 타고 가."

안 본부장이 자신의 얼굴을 거울에 비춰 보면서 빳빳한 만 원짜리 신권 두 장을 이신정에게 건네줬다.

"감사합니다."

이신정이 얼굴을 붉히며 인사를 했다.

폼생폼사.

안 본부장을 딱 한마디로 표현한 말이다.

태어나서 지금까지 한 번도 자기 손으로 라면 하나 끓인 적이 없고 양말 한 켤레 빤 적이 없는 위대한 남자.

세상 모든 여자가 자신을 좋아한다는 분홍빛 꿈에 빠져 사는 남자.

술에 취해 아내를 술집 도우미로 착각해 가슴속에 만 원짜리 몇 장을 넣어줬다가 마른오징어가 되도록 구박을 당했던 남자.

오래전에 아내를 병마에 빼앗겨 홀아비가 된 남자.

그래서 더 많은 남자가 부러워하는 남자.

"혜원이랑 자기… 말 많은 거 알지?"

"안다! 미친놈들이 콩밥 먹고 싶어서 안달이 났어."

안 본부장과 장 실장이 여의도 KBC 본관 5층 복도를 걸어가며 나직이 대화를 나눴다.

"이런 판에 굳이 혜원이를 내세울 건 없잖아? 아홉 시 뉴스만 해도 자기 빽으로 꿰찼다고 말들이 많은데?"

"니가 제일 말이 많잖아?"

안 본부장이 걸음을 멈추며 장 실장을 째렸다.

"왜? 오십 넘은 홀아비는 처녀장가 가면 안 되냐? 꼭 너 같은 늙은 과부들 축 늘어진 젖이나 빨아야 되냐고!"

안 본부장은 또 이런 사람이었다.

어느 자리에서 누구와 있어도 거침없이 소신을 밝히는 사람.

미모의 KBC 아나운서실장에게 늙은 과부니 축 늘어진 젖이니 하면서 쏘는 것도 소신이라면 소신이었다.

"그런 건 아냐. 괜히 늙은 당나귀가 햇콩 밝히다가 물똥 쌀까 봐 그러지!"

장 실장 또한 한 성깔 하는 여자로서 안 본부장 못지않은 소신파였다.

"뭐 아홉 시 뉴스까지는 이해한다. 경력도 얼마 안 된 철부지를 메인 앵커로 앉힌 건 내가 분명하니까! 근데 이번 건은 억울해."

안 본부장과 장 실장이 텅 비어 있는 휴게실로 들어갔고, 장 실장이 스포츠 캔 음료를 뽑았다.

"그럼 누구야? 누구 때문에 자기가 혜원이를 추천했어?"

장 실장이 안 본부장에게 캔 음료를 건네주며 물었다.

"나보다 높은 사람."

"사, 사장님이야?"

"더 위!"

"문화부장관? 대통령?"

"인간이 아닌 신(神)!"

"김채나?!"

"그래, 임마! 아까 통화할 때 녀석이 혜원 언니와 함께 내려 보내라더라."

"혜. 원. 언. 니?"

장 실장이 눈살을 찌푸리며 금혜원 아나운서 이름을 또박또박 불렀다.

"혜원이가 미국 UCLA를 졸업한 유학파잖아?"

"UCLA? 무슨 소린지 알겠다. 김채나하고 금혜원이가 대학 동문이었군."

"게다가 채나 팬클럽인 〈채나교〉에서 요직을 맡고 있고!"

"〈채나교〉의 요직? 호호호! 자기가 그렇게 말하니까 엄청 높은 벼슬을 맡고 있는 느낌이다."

"높은 벼슬이지. 요즘 잘나가는 이유가 다 그 벼슬 때문이니까!"

"그, 그럼 혹시 아홉 시 뉴스 여성 앵커를 선정할 때도?!"

"대장이 노골적으로 말씀하시더군. 채나는 우리 KBC의 은인이다. 신세를 갚아야 한다. 혜원이는 채나와 아주 가깝다고로……."

"푸후후후! 혜원이가 정말 좋은 대학을 나왔네."

"그 자식이 좋은 대학을 나온 건 나온 거고… 가까이 와 봐!"

돌연 안 본부장이 손짓을 했고, 장 실장이 살짝 홍조를 띠며 다가왔다.

"장희숙이 아직 살아 있네. 오십이 넘은 할망구가 빵빵해!"

안 본부장이 서슴없이 장 실장의 가슴을 더듬었다.

"열심히 운동하고 관리하니까 그렇지 바보야!"

장 실장이 안 본부장의 이런 행동에 익숙한 듯 아무렇지 않게 대꾸했다.

"이제 손님은 끊겼지?"

"아직! 신기하게도 다달이 열심히 찾아오고 있어."

"에이— 그럼 또 피임해야 돼? 콘돔은 귀찮은데! 재미도 없고."

"언제는 자기가 했어? 내가 다 처리했지."

"OK! 오늘 밤에 집으로 와. 간만에 한판 뛰자."

"알았어. 근데 자기 어린애들한테 찝쩍대지 마. 기분 나빠."

"미친놈! 지금은 줘도 못 먹는다. 거기에 힘이 없어서 너 하나도 버거워."

"진짜지?"

"이 자식이 짜증나게?!"

"응웅! 믿을게."

장 실장이 코맹맹이 소리를 내며 슬쩍 안 본부장의 거기를 잡았다.

두 사람은 이런 관계였다.

TV 화면에서 보이는 점잖고 지적인 이미지와는 거리가 멀어도 한참 멀었다.

서슴없이 성적인 욕망을 드러내고 스킨십을 하는 전형적인 수컷이었고 암컷이었다.

아주 궁합이 잘 맞는 한 쌍이었고.

4장

스타의 고향

채나가 진짜 먹여 살리는 사람들은 이곳에 있었다.

―알려드립니다! 알려드립니다! 김집 교장 선생님의 손녀로서 세계적인 슈퍼스타인 우리 자랑스러운 딸 채나 양이 우리 마을을 방문했습니다. 일가 어른들과 주민들께 저녁 식사를 대접한다고 하오니 지금 즉시 마을회관으로 모여주시기 바랍니다.

전봇대에 부착된 확성기에서 격앙된 남자 목소리가 주위를 쩌렁쩌렁 울렸다.

왁자지껄!

경남 남해군 해죽면 해죽포리 마을회관 앞.

어선에서 주로 쓰는 집어등이 좌악 매달린 채 넓은 마당을 대낮처럼 밝혔다.

─에또, 채나 양이 추석 선물을 가지고 왔습니다. 아주 엄청난 선물입니다. 안동 한우 한 마리와 제주 똥돼지 열 마리! 이 고기들을 이장의 입회하에 회관 마당에서 각 세대에게 나눠드릴 예정입니다. 오실 때 꼭 큼직한 양동이나 함지박을 들고 오시기 바랍니다.

그랬다.

지금 확성기에서 터져 나오는 남자의 말 그대로였다.

채나와 김집 교장이 고스톱 판을 벌린 지 삼십 분이나 지났을까?

데드라인인 열 시는커녕 여섯 시도 못돼서 깨지고 말았다.

해죽포의 모든 주민과 일가친척들이 몽땅 횟집 앞으로 몰려들었기 때문이다.

TV에서 봤던 그 유명한 슈퍼스타 김채나를 구경(?)하려고!

결국, 김집 교장이 채나에게 딴 돈을 모두 돌려주는 조건으로 고스톱 판에서 먹자판으로 급히 방향을 틀었다.

채나가 사온 소와 돼지들도 일가친척들과 주민들에게 나눠주기로 했고.

카악! 카카카칵!

예리한 식칼을 든 손이 부드럽게 휘둘러지며 큼직한 고기 덩어리에서 살과 뼈를 발라냈다.

3.1kg!

고기 한 덩어리가 앉은뱅이저울 위에 올라갔고 눈금이 정확히 3kg하고 100g을 가리켰다.

계속해서 고기 덩어리가 저울에 올려졌고 매번 남지도 부족하지도 않는 3.1kg이었다.

저울보다 더 정확한 솜씨였다.

"쇠고기 닷 근하고 돼지고기 닷 근입니데이. 맛나게 잡수이소!"

남해읍 큰 시장에서 정육점을 운영하는 오십 대 남자, 경옥 아버지가 아주 숙달된 솜씨로 고기를 썰고 달아서 나눠줬다.

채나가 선물로 사 온 그 고기들이었다.

"쪼매 더 주이소. 경옥 아배!"

중년 여자가 뚱뚱한 외모와 전혀 어울리지 않는 애교를 떨었다.

"이 괴기가 내 꺼가?"

경옥 아버지가 경상도 사람 특유의 쏘는 듯한 어투로 대꾸했고,

"고마 치우라마! 뒤에 늘어선 줄 안보이나?"

중년 여자의 뒤로 삼십여 명의 남녀노소가 큼직한 양동이

등을 든 채 길게 늘어서 있는 줄을 가리키며 짜증스럽게 손짓
했다.

"그 사골 한 짝만 얹어주면 안 되겠는교?"

"이 문딩이 여편네가 자꾸 머라꼬 씨부리노? 괴기 받았으
면 싸게 꺼지라 카이!"

중년 여자가 계속해서 들어붙자 뒤에 서 있던 몸뻬를 걸친
칠십 대 할머니가 버럭 소리쳤다.

"아, 알았소, 할매! 내 사마. 농담 한번 해본기라."

중년 여자가 샐쭉하며 몸을 돌렸다.

"시중이 오매 저년은 먹고살 만하면서도 저 지랄이다 카
이."

"으흐흐! 큭큭큭!"

몸뻬 할머니가 도망치듯 내빼는 중년 여자를 쏘아보며 눈
을 흘기자 주위에 서 있던 사람들이 키득댔다.

퉁!

큼직한 우족 하나가 함지박에 담겼다.

"이, 이기 머꼬? 그 비싼 우족 아이가?!"

"채나가 우족하고 사골 같은 뼈들은 할마씨 대모들에게 드
리라 안 하요?"

"참말로— 우리 집안에 큰 인물 났데이! 어린 가시나가 먼
속이 그리 깊노?"

"채나 보든 인사나 하소 마."

"하모! 내 이 가시나를 업구 읍내까지 한 바퀴 돌끼다."

몸뻬 할머니가 고기와 우족이 담긴 함지박을 들고 돌아섰다.

입이 딱 함지박만큼 벌어진 채.

피식!

경옥 아버지가 몸뻬 할머니를 쳐다보며 헛웃음을 머금었다.

몸뻬 할머니 때문이 아니라 할머니가 지나쳐 가는 마당에 걸려 있는 고기들!

거대한 소와 돼지들이 눈에 들어왔기 때문이다.

처음에 채나가 안동 한우 두 마리와 제주 똥돼지 열다섯 마리를 주문했을 때 어떤 미친년이 장난치는 줄 알았다.

욕을 한바탕 퍼부으려는 찰나 딸인 경옥이가 전화를 바꿔서 채나의 신분을 얘기했고 고기들의 쓰임새까지 말했을 때야 믿어지기 시작했다.

동시에 입이 벌어지기 시작했고.

경옥 아버지가 남해읍내 큰 시장에서 정육점을 열고 고기 장사를 한지도 이십 년이 넘었다.

그 이십 년 동안 오늘처럼 고기를 많이 팔아 본 날은 처음이었다.

추석 대목이라서 물건을 많이 들여놓기는 했지만 500kg이 넘는 안동 한우 두 마리와 100kg짜리 제주 똥돼지 열다섯 마리는 가게에 없었다.

하지만 그런 건 문제가 안 됐다.

중간상인에게 약간의 웃돈을 제시하자 대구로 향하던 고기 차가 살며시 남해로 방향을 틀었다.

더불어 경옥 아버지는 오늘에서야 왜 어른들이 그토록 자손들을 출세시키려고 하는지 그 이유를 깨달았다.

'우리 집안에 황소 두 마리와 돼지 열다섯 마리를 한꺼번에 팔아주는 사람이 다 있을 줄이야. 올해 추석은 죽을 때까지도 못 잊겠구만!'

경옥 아버지가 마을회관 마당에 걸린 소와 돼지고기들을 보며 채나의 통 큰 돈질에 혀를 내둘렀다.

"어허허허! 으핫핫핫!"

그때, 마을회관 안에서 박장대소가 터져 나왔다.

"이런 웃음은 또 얼마 만에 들어보는 거냐? 진짜 명절이 돌아왔어!"

쓰쓰쓱!

경옥 아버지가 묘한 독백을 읊조리며 칼갈이에 칼을 문질렀다.

그랬다.

실로, 오랜만에 해죽포에서 흘러나오는 웃음이었다.

물론 해죽포도 사람들이 사는 마을이었기에 그동안 크고 작은 경사가 있었다.

하지만 마을사람 그 누구도 가슴을 열고 소리 내어 웃지 못했다.

해죽포 주민 대부분은 일가친척들로 광산 김가 해죽공파 후손들이었다.

멀든 가깝든 '재미 과학자 김철수 박사 일가 피살사건' 과 관련이 있을 수밖에 없었다.

십수 년이 흐른 지금도 한 해에 다섯 사람이나 죽어간 김 교장 댁의 참사를 잊지 못했다.

덕분에 늘 침울하고 무거운 분위기가 마을을 감싸고 있었다.

한데 오늘, 민족 최대의 명절인 추석을 코앞에 두고 노래를 아주 잘 부르는 천사가 해죽포에 날아와 그 우울하고 살벌했던 기억들을 깨끗이 씻어줬다.

하늘나라에서 수입한 쇠고기와 돼지고기들을 두 트럭이나 싣고 와서!

텅!

"굼벵이 괴기를 꽈 먹은나? 와 그렇게 손이 느린교?"

물 빠진 작업복을 걸친 사십 대 남자가 돼지 한 마리를 통나무 탁자에 내려놓으며 입을 열었다.

오늘처럼 바쁠 때 정육점 일을 도와주고 경옥이 아버지한테 일당을 받는 동네 후배 수진 아빠였다.

해죽포에 몇 안 되는 광산 김가가 아닌 다른 성을 쓰는 사람이었다.

"내내 김 이장이 질랄병 안 했나? 괴기가 어떠니 저떠니 하마 돌아버릴 뻔했다. 쪼매 더 잔소리 했으몬 김 이장 주둥팩이를 괴기하고 같이 발라 버릴라꼬 했다카이!"

경옥 아버지가 빠르게 칼을 놀리며 퉁명스럽게 대꾸했다.

"참말로 광산 김가들 억수로 말 많데이. 내도 미칠 뻔했다 안 하나! 용순이 가시나가 을매나 잔소리를 해대는지 골이 다 띵하다."

"흐흐흐! 근데 막걸리 공장 냉장고가 작지는 안 트나?"

"어델? 예 있는 괴기를 몽땅 넣어도 남을끼다."

"다행이데이! 내사마 그 많은 괴기를 어데 둬야 할지 걱정했다 아이가."

"내도 츠음엔 그리 생각캤는데 막걸리 통들을 치우니깨네 운동장이다 안 카나!"

차차착!

수진 아빠가 경옥 아버지가 경상도 사투리로 두런두런 얘기를 나누며 칼을 갈았다.

채나는 추석 때 집안 식구들과 나눠 먹으려고 경옥 아버지에게 안동 한우 두 마리를 사왔다.

고스톱 판이 마을 주민들 먹자판으로 바뀌면서 고기가 부족할 듯싶어 제주도 똥돼지 열다섯 마리를 추가로 주문했다.

그 고기들 중에서 소 한 마리와 돼지 다섯 마리를 알바 칼잡이인 수진 아빠가 작업을 해 김남수 사장이 운영하는 해죽포 탁주 공장의 냉장고에 넣어주고 오는 길이었다.

나머지 소와 돼지는 지금 경옥 아버지가 열심히 뼈와 살을 발라서 주민들에게 나눠주는 중이었고!

"운동장은 운동장인데… 병수 성! 그 저울 고장 난 거 아이가?"

수진 아빠가 칼잡이답게 양동이에 담겨진 고기 덩어리를 힐끔 보며 한마디 했다.

"와아? 머가 수상하나?"

경옥 아버지가 고기를 손질하며 시큰둥하게 대답했다.

"그 머 사람 따라 고기양이 많았다 적었다 하는 기 같아서 그란다."

"잘 봤다. 우리 김가들한테는 돼지고기 닷 근씩 더 담았다카이."

"아이고야! 남새시룹게 그 머하는 짓이고?"

"꼽나? 하모 니두 청주 한가 하지 말고 광산 김가 해라!"

"머라캤소, 시방!?"

"내 말이 틀렸나? 오야! 그라몬 다음 설 명절에는 청주 한가 사람들이 괴기를 내그라! 안동 한우 한 마리하고 제주 똥돼지 열 마리다. 모 1,000만 원 쫌매 넘는다 안 카나? 내는 반 근이든 한 근이든 주는 대로 받을 끼다. 아모 걱정 말고 사 온나!"

"……."

"와 시비고? 괴기 사온 아가 우리 광산 김간데 청주 한가나 전주 이가하고 똑같이 나눠야카나?"

"고마 염장 지르소 마. 퍼뜩 괴기나 자룹시더!"

수진 아빠가 눈을 회번덕거리며 몸을 돌릴 때,

큼직한 고무 함지박 하나가 경옥 아버지 앞에 놓였다.

"……?"

경옥 아버지가 눈을 껌벅거렸다.

"이, 이기 누꼬? 우리 딸 경옥이 맞나?"

"히이이… 예쁘나?"

채나의 사촌 동생인 용희의 친구이자 경옥 아버지의 막내딸.

경옥이가 남해여상의 거무튀튀한 교복 대신 아주 세련된 겨울용 베이지색 섀미가죽 롱코트를 입은 채 배시시 웃음을 흘렀다.

"채나 언니야가 사줬나?"

"그으래! 언니가 추석빔 사준다 캐서 내 이 코트를 골랐다
아이가."

"작년부터 졸랐쌌던 그 코트가?"

"맞다! 서울 아들도 비싸서 못 입는다는 오리지널 쎄무 떡
볶이 코트다."

"오리지널 쎄무 떡볶기 코트?!"

남해 읍내에서 고기 장사를 하는 경옥 아버지가 생전 처음
듣는 해괴한 말이었다.

떡볶이 코트.

아마 기억하는 사람도 더러 있을 것이다.

단추 모양이 떡볶이를 닮아서 떡볶이 코트라고 불리었다.

오래전에 전국 중고생들 사이에서 유행했던 겨울용 외투.

지금은 아웃도어 쪽 오리털 파커나 스니커 진 등이 유행이
지만!

쎄무는 섀미가죽의 일본식 발음이다.

송아지나 새끼 양의 가죽 안쪽을 보풀려서 부드럽게 만든
가죽을 말한다.

당연히 보통 떡볶이 코트보다 섀미가죽 코트가 훨씬 비쌌
다.

"그래서 아까 채나 언니야가 동리 아들 다 데리고 간 기가? 추석빔 사준다꼬?!"

"하모! 일중이하고 미중이까지 몽땅 진주에 갔다 왔다 안 카나?"

"우리… 수진이하고 수영이도 사줬노?"

고기를 자르던 수진아빠가 모자를 고쳐 쓰며 기대에 찬 눈빛으로 물었다.

"그 아들은 나이키 농구화하고 잠바를 샀심더."

"뭐, 뭐라꼬? 나이키 농구화하꼬 잠바? 야들이 미쳤두 단디 미쳤다 카이. 그기 을매짜린 줄 알고 사달라 카나?"

"아들이 사달라꼬 한기 아이라 채나 언니가 직접 골라줬심 더!"

"이를 우짜면 좋노? 내는 채나한티 줄끼라곤 마른 멸치 새 끼밖에 옶다!"

지금 경옥이가 말했듯 채나는 고스톱 판에서 먹자판으로 옮겨가는 막간을 이용해 김용희, 김경옥 등 해죽포에 사는 열다섯 명이나 되는 동생을 김용순이 운전하는 고물 트럭에 때려 싣고 남해 읍내를 거쳐 진주시까지 갔다 왔다.

추석빔으로 나이키 농구화부터 쎄무 떡볶이 코트까지 사줬고!

수진 아빠나 경옥이 아버지가 경악할 만했다.

이미 80년대 초반부터 세계적인 스포츠용품 메이커인 나이키가 우리나라를 휩쓸었기에 떡볶이 코트 값은 몰라도 나이키 농구화가 얼마나 비싼지는 잘 알고 있었다.

채나가 수진이와 수영이에게 사준 나이키 용품값을 마련하려면 수진 아빠가 멸치를 가마니로 팔아도 부족했다.

"올 추석 차례는 지극정성으로 모셔야 한다 카이. 당산할매가 오신기라!"

경옥 아버지가 그 옛날 김 교장댁 참사가 떠오르는 듯 자신도 모르게 눈시울을 훔쳤다.

채나는 강 관장의 삼신할매였고 경옥 아버지에게는 당산할매였다.

삼신할매나 당산할매는 집안과 마을을 지켜주는 신(神)들이었다.

두 할머니 다 그리 예쁘지는 않았다.

—험험! 이장입니다. 주민 여러분께 알려드립니다. 시방 서울 DBS TV에서 우리 동네를 찍는다꼬 내려왔십더.

확성기에서 삼신할매와 당산할매를 만나기 위해 찾아온 손님들의 소식을 알렸다.

"저, 저건 또 무슨 소리고?"

"해해! DBS TV 〈스타의 고향〉 팀이 채나 언니 고향인 우리 동네를 촬영하기 위해 온기라. 채나 언니 친구인 유명한 개그우먼 연필신 언니도 왔다 안 카나!"

　―주민 여러분께서는 적극 협조해 주시기 바랍니다. 다시 한 번 말씀 드리겠습니다. 지금 서울 DBS 텔레비에서……

　획! 수진 아빠가 칼을 내던졌다.

　"저 DBS 전국에 깔리는 방송 맞제? 경옥아!"

　"하모요! 채나 언니야가 출연한 〈우스타〉하고 〈블랙엔젤〉 나오는 그 방송 아닌교?"

　"내 퍼뜩 집에 댕겨 오꾸마!"

　"집에에? 일을 이리 벌려놓고 말이가?"

　"시방 일이 문제가 아이다. 방송국에서 나왔다 카는데 민도래도 해야제!

　"이 문둥이 자식이 미친나? 가들이 니 찍으러 왔나? 채나 찍으러 온 거 아이가?"

　경옥 아버지가 어이가 없다는 듯 소리를 빽 질렀다.

　"아이다! 방송 나가몬 부산 어무이도 볼 끼고 통영 친구아들도 볼 낀데 이 차림새가 머꼬? 완전 걸뱅이아닌교!"

　"가, 같이 가제이! 내도 옷 좀 가라 입으야 할 끼 같다. 촌수가 멀긴 해도 채나 아저씨라 안 카나?"

　수진 아빠와 경옥 아버지가 재빨리 집으로 튀었다.

　생전 거울 한 번 보지 않는 남자들이었다.

　채나의 능력이었고 텔레비전의 위력이었다.

남해 해죽포는 마을이 생긴 이래 가장 풍성한 한가위를 맞이하고 있었다.

여러모로!

"킥킥! 울 아빠하고 수진 아빠 재밌데이."

"김경옥! 바빠 죽겠는데 거기서 뭐하노? 당장 튀어오지 몬하나?"

경옥이가 헐레벌떡 뛰어가는 수진 아빠 등의 뒷모습을 쳐다보며 킥킥댔다.

음식이 잔뜩 담긴 쟁반을 든 용희가 경옥이를 보며 고함을 질렀고.

"알았다카이!"

경옥이가 뛰어갔다.

*   *   *

"우헤헤헤헤헤헤!"

짝! 채나가 손뼉까지 치며 환한 웃음을 뿌렸다.

칵 깨물어주고 싶을 만큼 귀여운 리액션이었다.

생각지도 못했던 친구를 만났기 때문이다.

구로동 꺽다리 아줌마 연필신이었다.

"천혜의 섬 남해에 온 것을 진심으로 환영한데이!"

"고맙다카이! 때지가 명절을 잘 보내나 걱정돼서 쫓아왔다 안카나?"

채나와 연필신이 잘나가는 배우와 개그우먼답게 주위환경에 맞춰서 진한 경상도 사투리로 해후를 했다.

"이히히! 울 때지가 할아버지 댁에 오더니 벌써 살이 통통하게 올랐네?"

"헤헤헤… 이 동네가 나하고 딱이야. 바람만 쐬어도 살이 쪄!"

연필신이 활짝 웃으며 채나를 번쩍 안았고 채나가 연필신의 얼굴을 톡톡 쳤다.

두 사람은 지난번 부산 롯데백화점 행사 때 해운대에서 만난 뒤 처음이었다.

연필신이 채나 알바 매니저로 쫓아다닐 때는 하루 24시간을 붙어 있었지만 지금은 한 달에 한 번 만나기도 어려웠다.

그만큼 서로 정신없이 바빴다.

통화하기도 힘들었다.

채나는 전 세계 연예인 중에서 매니저와 휴대폰이 없는 유일한 사람이었으니까!

"반갑습니다, 채나 씨! 저 기억하시죠? 전태권 PD가 제 친구라서 여러 번 〈우스타〉에 놀러 갔었습니다."

"헤에! 달광 아저씨네?"

삼십 대 대머리 남자, 지일사 PD가 DBS 로고가 새겨진 승합차에서 내리며 자신을 소개했고 채나가 미소로써 맞았다.

　"달.광.아.저.씨.요?"

　"응! 전 PD가 그러더라고. 고등학교 때부터 머리가 홀딱 벗어져서 지 PD 별명이 달광 아저씨래."

　지 PD가 달광 아저씨의 출처를 또박또박 물었고 채나가 아주 친절하게 대답했다.

　"깔깔깔! 드라마국에는 똥광 PD! 교양국에는 달광 PD! 나머지 솔광, 삼광, 비광 PD들은 어디 계신가?"

　연필신과 스태프들이 깔깔댔고,

　"하여튼 백 부장님부터 시작해서 예능 PD들 진짜 개수다쟁이들이야. 자식이 할 말이 없어서 고등학교 때 별명까지 지껄여?"

　지 PD가 씩씩댔다.

　"이번에 짱짱하게 출발한 〈스타의 고향〉 팀 두목이셔! 고려대학교 출신으로 내가 활동하던 동아리 'KORI'에서도 계셨지. 똥광 PD와 양광 체계(?)를 구축할 만큼 DBS에서 엄청 잘나가. 우리랑 동갑이구!"

　다시 연필신이 웃으면서 지 PD의 신상을 찬찬히 소개했다.

　"달광 아저씨 나이가 우리랑 같아?!"

대머리가 홀딱 까져 오십 대쯤으로 보이는 지 PD에게 동갑이라고 하자 채나가 화들짝 놀랐다.

"띠 동갑!"

"깜짝 놀랐잖아 시키야? 우리 작은아빠 친구 같은데⋯⋯."

"케엑! 아하하하!"

　채나가 지 PD를 오십 대 중반의 김남수 사장 친구로 만들자 달광 아저씨까지 참고 있었던 연필신과 지 PD 등이 어쩔 수 없이 쓰러졌다.

"이히히! 쉰내 나는 노총각이야. 나한테 관심이 엄청 많아. 난 전혀 아니지만!"

"야, 연필신! 며칠 전까지 밥 사달라고 쫓아다닌 여자가 누구야? 지금 채나 씨 앞이라고 쌩 까는 거냐?"

"되셨고! 인사해야지, 선욱아?"

　연필신이 지 PD의 말을 가차없이 자르며 매니저인 하선욱을 불렀다.

"보고 싶었어요. 채나 언니!"

"헤에! 쿨한 여자까지 왔네?"

　하선욱과 채나가 반갑게 손을 잡았다.

"필신이가 이번 〈스타의 고향. 남해의 딸 김채나 편〉의 내레이터를 맡아줬습니다."

"제가 애걸복걸했습죠!"

뒤이어 지 PD가 사람 좋은 웃음을 흘리며 연필신이 남해에 내려온 이유를 밝혔다.

송인혜 작가 등 〈스타의 고향〉 스탭들을 차례차례 소개했고!

"먼 길을 오시느라 고생들 하셨어요. 마침 마을회관에서 잔치가 있으니까 어른들께 인사도 들이고, 같이 밥도 먹자고요."

채나가 연필신을 만나서 기분이 몹시 좋은 듯 평소와는 전혀 다르게 백화점의 안내데스크 아가씨처럼 멘트를 날렸다.

내레이터란 방송이나 연극 등에서 얼굴을 보이지 않은 채 어떤 장면들을 설명하는 사람을 말한다. 간단히 해설자다.

연필신이 내레이터가 된 〈스타의 고향〉은 이번 DBS 가을철 개편에서 신설된 프로였다. 유명 스타들의 고향을 직접 찾아가 발자취를 더듬어 보는 일종의 다큐 프로그램이었다.

그 첫 번째 대상으로 슈퍼스타인 채나가 선정되었고!

채나가 휴가차 남해에 내려온 것을 놓치지 않고 DBS에서 부랴부랴 스탭들을 파견했던 것이다.

얼마 전부터, DBS나 KBC에서 〈스타의 고향〉 같은 채나와 연관된 프로들을 경쟁적으로 제작했다. 스태프조차 채나와 가까운 사람들로 구성해서!

채나라는 초막강 슈퍼스타를 이용해 시청률을 올리려는

속셈이었다.

하지만 한 발짝만 들어가 보면 방송사 차원에서 채나를 밀어주고 있다는 것을 눈치챌 수 있었다.

DBC에서는 보상차원에서, KBC에서는 보답차원에서였다.

노회한 김 교장이 이 뜻을 정확히 읽었기에 서슴없이 촬영을 허락했던 것이다.

채나가 〈우스타〉에서 낙마한 것은 이제 신의 한 수로 바뀌었다.

잠시후, 채나와 지 PD 등이 마을회관 마당으로 들어섰다.

"니, 니가 채나가?! 참말로 교장 선생님 큰손녀고?"

"맞데이! 얼굴이 갸름한기 천상 영수를 쏙 빼닮았데이."

갑자기 주름살이 조글조글한 할머니 두 명이 채나에게 매달렸다.

"흑흑흑! 불쌍해서 우짜면 좋노?"

"가시나가 예쁘긴 또 와 이리 예쁘나? 와 이리 예뻐!"

그리고 할머니들이 눈물을 글썽였다.

"……!"

채나의 가슴이 먹먹해졌다.

벌써 몇 번째인지 모른다.

채나가 해죽포에 도착해서 김 교장의 손녀요, 김영수 변호사의 큰 딸이라는 것이 알려지면서 만나는 일가친척들마다 이 할머니들처럼 눈시울을 붉혔다.

채나는 할머니들이나 일가친척들이 흘리는 눈물의 의미를 잘 알았다.

아빠를 잃은 채나가 걱정돼서 흘리는 눈물이었다.

좌르륵!

ENG 카메라 한 대가 촬영을 시작했다.

"고마 하이소 대모들! 손님들 오시지 안 았능교?"

채나의 작은아빠인 김남수 사장이 점잖게 말렸다.

"아, 알았다카이! 이 문둥이 할마씨들이 지금 뭔 지랄이고?"

"미안타, 채나야! 늙으면 주책인기라."

할머니들이 채나 손을 꼭 잡으며 급히 사과를 했다.

"괜찮아, 대모들!"

채나가 미소를 띤 채 고개를 저었다.

채나 일가들이 쓰는 대모(大母)와 대부(大父).

어느 종교단체에서 부르는 대모(代母), 대부(代父)와는 의미가 많이 달랐다.

채나 집안에서는 할머니, 할아버지뻘 되는 일가친척들을 부를 때 쓰는 어휘였다.

"오야 오야! 우리 채나 참말로 예쁘데이."

"추석 때 양말이라도 한 짝 사 신끄라!"

할머니들이 통치마 안주머니에서 만 원짜리 한 장씩을 꺼내 채나에게 건네줬다.

"헤헤헤, 고마워. 잘 쓸게!"

채나가 환하게 웃으며 꼬깃꼬깃 구겨진 돈을 정성스럽게 챙겼다.

계속해서 ENG 카메라가 이 모습을 담았다.

노래 한 곡에 1억 원이 넘는 개런티를 받고 CF를 찍으면 부르는 게 곧 개런티인 채나였다. 그 슈퍼스타에게 팔순 할머니들이 눈물을 글썽이며 구겨진 만 원짜리 한 장씩을 건네줬다.

할머니가 손녀에게 주는 사랑의 징표였다.

돈으로는 절대 살 수도, 바꿀 수도 없는 사랑!

연필신이 자신도 모르게 눈가를 훔쳤다.

'채나 고향이 맞네. 할머니들의 모습에서 혈육의 정이 진하게 풍겨.'

연필신은 지 PD에게 〈스타의 고향〉 내레이터 섭외를 받았을 때 일 초도 망설이지 않고 콜을 했다.

내레이터를 맡았다고 굳이 이곳 해죽포까지 내려올 필요는 없었다.

DBS 스튜디오에서 편안하게 앉아 촬영한 장면들을 살펴보며 작가가 써준 내레이션을 읽으면 끝난다.

더욱이 내일모레가 우리 민족 최대의 명절인 추석이다.

남해에 내려올 시간이 있으면 충북 영동에 가서 가족들과 함께 추석을 보내는 게 현명한 선택이었다.

하지만, 연필신은 이 모든 것을 무시하고 매니저까지 대동한 채 남해로 내려왔다.

채나가 한국에 와서 처음으로 맞는 명절이었다.

왠지 친구로서 꼭 옆에 있어 줘야 할 것 같았다.

그래야만이 가슴에 암 덩어리처럼 자리 잡고 있는 죄책감!

채나가 〈우스타〉에서 하차할 때 어떻게든 힘이 돼주지 못했다는 그 죄책감이 조금이나마 지워질 것 같았기 때문이다.

*   *   *

와자지껄!

백여 명의 해죽포 주민이 웃음꽃을 활짝 피운 채 마을회관에 모여 식사를 했다.

채나의 사촌동생들인 용순이와 용희, 경옥이 등이 열심히 서빙을 했다.

DBS 로고가 박힌 두 대의 ENG 카메라가 회식 장면을 꼼꼼하게 촬영했다.

카메라 한 대가 채나와 할아버지인 김 교장, 김 사장, 해죽
포 이장, 지 PD 등이 함께 식사를 하는 모습을 찍기 시작했
다.

　딸깍!

　카메라가 김 교장을 클로즈업시켰다.

　"고래로 우리 마을에는 세 가지가 없었다네. 도둑과 싸움,
담장이 그것일세."

　김 교장이 사전에 리허설을 한 것처럼 남해군 해죽포리를
찬찬히 설명했다.

　"열흘이든 한 달이든 머물면서 구석구석 촬영을 하게! 어
떤 스타의 고향 사람들보다 훨씬 친절하고 적극적으로 도와
줄 걸세."

　"물론입니더! 시방 이 회관에서 밥을 묵는 사람들 중에
90%가 해죽공 할아버지 후손입니데이. 우리 동네 마흔여덟
세대 가운데 다섯 세대만 빼고 모조리 채나와 같은 광산 김가
아이닙껴? 몽땅 친척들이라예! 걱정 말고 어디든 찍으소마!"

　김 교장에 이어 김 이장이 씩씩하게 부연설명을 했다.

　〈스타의 고향〉 촬영에 전폭적인 협조를 약속했고!

　"고맙습니다. 어르신들께서 그렇게 말씀해 주시니 아주 든
든합니다. 저희들 또한 주민들께 폐를 끼치지 않도록 각별히
주의하겠습니다."

지 PD가 정중하게 사의를 표했다.

"우리 막걸리 공장은 꼭 찍으시오! 술 빚는 과정 등이 괜찮은 그림이 될 거요."

"예, 아버님!"

김 사장이 막걸리 공장을 촬영할 것을 제의했고 지 PD가 딱 부러지게 대답했다.

"헤헤! 울 아빠 무섭다. 씨름꾼이 아니라 장사꾼이었어."

"녀석! 이참에 슈퍼스타 딸을 둔 덕 좀 보자. 언제 또 우리 '해죽포 탁주'가 DBS TV같은 전국구 채널에 나오겠느냐?"

"멋있게 찍어 드리면 저희 갈 때 막걸리 좀 챙겨 주시나요? 작은아빠!"

김 사장이 노골적으로 장사 속을 드러냈고 연필신이 딜을 제시했다.

"오냐! 촬영팀이 타고 온 승합차가 빵꾸 날 만큼 실어주마. 필신이는 부모님이 계신 영동에 택배로 직접 부쳐 줄 것이고!"

"히히히… 이제야 때지 채나가 기를 쓰고 고향에 내려온 이유를 알겠네요. 술에, 고기에, 생선에 뭐든지 실컷 먹을 수 있으니 뭐!"

"어허허허! 껄껄껄!"

연필신이 가벼운 개그 멘트를 날렸고 김 교장 등이 호탕한 웃음으로 호응을 해줬다.

연필신이 서울 생활을 시작한 것은 대학교에 입학하면서부터였다.

얼마 전까지만 해도 시골에서 할아버지 등과 함께 살았다.

지금 같은 마을 잔치에 수도 없이 꼽사리 꼈고!

이런 분위기에 아주 익숙했다.

당연히 시골 어른들을 쥐락펴락할 수 있었다.

"손님 오셨어요, 아빠!"

그때 용순이가 나직이 김 사장을 불렀다.

김 사장이 마을회관 입구 쪽으로 나가서 양복 입은 사내들과 뭔가 대화를 나눴다.

뚱한 얼굴로 다시 돌아왔다.

"정도 형님이 아버님을 뵙고자 내려왔답니다."

김 사장은 용순이처럼 귀속 말을 하지 않고 대놓고 입을 열었다.

"정도? 신 장관 말이냐?"

"예! 박 지사하고 홍 군수를 대동하고 곧 도착한답니다."

"그러니까 교육부장관이 경상남도지사와 남해군수를 대동한 채 나를 만나러 온단 말이지?"

"예, 아버님!"

김 교장이 촬영팀을 의식한 듯 친절하게 직접 화법을 써서 말했다.

지 PD가 뭔가 감을 잡고 카메라 감독을 쳐다봤다.

ENG 카메라를 메고 있던 카메라 감독이 고개를 끄떡였다.

놓치지 않고 촬영할 테니 안심하라는 신호였다.

"신 장관이 갑자기 무슨 일일까? 이 팔십 늙은이를 어느 학교 교장 자리에 앉히려는 것은 아닐 테고……."

"글쎄 말입니다."

"혹시 신 장관하고 볼 일이 있나, 김 이장?"

김 교장이 해죽포 이장을 보며 미소를 지었다.

"어이구— 대부는 뭔 농을 그리하시능교? 개우 농고 졸업한 위인을 일국의 장관이 우째 만나러 오겠십니꺼?"

"허허허 말이 그렇게 되나?"

신정도 교육부장관은 서울법대를 졸업한 후 부산지검의 형사부장을 역임했다.

경상남도 남해 일대에서 3선 국회의원에 당선된 후 교육부장관으로 입각한 현 정부의 실세였다.

그 신 장관이 박국창 경상남도지사와 홍인표 남해군수를 대동한 채 김 교장을 만나러 온다는 것이었다.

물론, 신 장관은 남해 성산포가 고향으로 채나의 아빠 김영수 변호사의 대학 선배였기에 김 교장이나 김 사장 등 해죽포 사람들과도 꽤 가까웠다.

김남수 사장과 호형호제를 할 정도였다.

"저기… 채나를 만나러 오는 걸 거예요, 할아버지!"

"우리 손녀를?!"

연필신이 돌아가신 친 할아버지를 부르듯 살갑게 입을 열며 망설임없이 나섰다.

동시에 김 교장이 채나를 쳐다봤다.

무슨 용건이냐는 뜻이었다.

"몰라! 나를 TV에 못 나가게 하려면 교육부 장관이 아니라 문화부 장관이 와야 하는 거 아냐?"

"어헛헛헛! 껄껄껄!"

채나의 가시 박힌 조크에 김 교장 등이 파안대소를 터뜨렸다.

채나는 피대치 전무에게 자신이 〈우스타〉에서 하차하게 된 이유를 자세히 보고 받았다.

이후, 선문의 대종사답게 습격해오는 늑대를 피하지 않고 늑대를 직접 잡고자 총을 들고 성큼 나섰다.

그 결과 현재 대한민국의 제일 야당인 민주평화당의 민광주 대통령후보 선거대책본부 재경위원회 부위원장이 됐다.

채나의 노골적인 행보에 경악한 현 정부와 여당인 한국자유당에서 어떤 식으로든 손을 쓰려 했지만 깨끗이 포기하고 말았다.

채나와 민광주 의원은 아주 깊은 인연이 있었고 지워 버리기에는 채나의 인지도가 너무 높았다.

어느새 채나는 대한민국의 문화대통령이 돼 있었다.

채나에게 현 정부의 장관은 그리 반가운 손님이 아니었다.

"선욱아! 노트 줘봐?"

"네, 언니!"

하선욱이 노트북 컴퓨터를 건네줬고 연필신이 후라이팬에 콩 튀듯 키보드를 두드렸다.

"할아버지 여기!"

"오냐!"

정확히 삼분 후에 연필신이 교육부 홈페이지에 접속해 공지 하나를 떠서 김 교장에게 공손히 건넸다.

연필신의 중요한 일과 중 하나가 각 방송사 기업체 등의 홈페이지 검색이라는 것을 아는 사람은 다 알았다.

연필신은 사흘 전에 이미 이 공지를 발견했고 오늘 채나를 만나 확인하려 했다.

"험험—"

김 교장이 마른기침을 하며 돋보기를 고쳐 쓰고 노트북 컴퓨터를 살펴봤다.

〈국립 서울대학교 예술대학 교수 채용 공고〉

우리 국립 서울대학교에서는 미래 대한민국의 예술을 책임질 인재들을 육성코자 예술대학을 창립함과 아울러 인재 육성의 초석이 될 교수님들을 모시고자 합니다.

1.채용분야및 채용인원.

가. 연극학과 0명

나. 영화학과 0명

다. 드라마학과 0명

라. 대중음악학과 0명

2. 지원자격

학사 학위 이상 소지자로서 본교 교수 임용에 결격사유가 없어야 함.〈중략〉

7.우선채용자.

가. 세계 유명 영화제에서 주,조연상을 수상한자.

예)미국 아카데미 영화제. 이탈리아 베니스 영화제. 프랑스 깐느 영화제 등

나. 세계 유명 음악제에서 작곡상등을 수상했거나 세계 유명 음악 순위 차트 톱 텐에 한 개 이상의 음반이나 두 곡 이상의 노래를 올려놓은 자.

예)미국 그래미 상, 빌보드 차트, UK차트 등.

〈하략〉

대한민국 교육부장관.

국립 서울대학교 총장.

"허어어! 필신이가 보통 똑똑한 게 아니었구나. 과연 고품
격 개그우먼이로고!"

김 교장이 노트북을 연필신에게 건네주며 침이 마르도록
칭찬을 했다.

"히히, 그리 똑똑하지도 못해요 할아버지! 연예계에서 밥
을 먹다 보니까 눈치만 늘은 거예요."

연필신이 다시 노트북을 채나 앞에 밀어놓으며 손사래를
쳤다.

"무슨 일이냐, 필신아?"

연필신 만큼이나 궁금증을 못 참는 김 사장이 대뜸 입을 열
었다.

"서울대학교에서 예술대학을 설립한다고 채나한테 교수로
와 달래요, 작은아빠!"

"서울대학교에서 채나에게 교수로 와 달래?"

김 사장과 연필신이 스테레오 사운드처럼 대화를 주고받
았다.

"어허허허! 교육부에서 띠운 공지가 사실이라면 필신이 말
이 틀림없다. 공채를 명분으로 우리 채나를 특채하려는 의도
가 역력하구나."

김 교장이 너털웃음을 흘리며 단언을 했고,

"맞습니다. 우리나라 가수 중에서 미국의 빌보드 차트나 영국의 UK차트 톱 텐에 두 곡 이상의 노래를 올려놓은 사람은 채나 씨밖에 없으니까요. 세계 유명영화제에 입상한 사람은 빅마마를 비롯해 여러 사람이 있지만요."

지 PD가 채나에게서 건네받은 노트북 컴퓨터를 살피며 추임새를 넣었다.

"쳇! 바야흐로 정치의 계절이군."

채나가 재수 없다는 듯 툴툴거렸고,

"오냐, 우리 손녀의 머리도 필신이 못지않구나. 대통령 선거가 얼마 남지 않았고 채나의 인기는 하늘을 찌르고 뭔가 작전이 필요한 시점이지. 허허허!"

"정치를 모르는 제가 봐도 속이 빤히 보이네요."

"기성세대로서 왠지 남부끄럽구나."

김 교장이 얼굴을 붉히며 쓴웃음을 머금었다.

"험험! 어찌 됐든 싫지만은 않구나. 우리 모교에 예술대학이 설립되고 그 초대 교수로 우리 손녀를 초빙하겠다는 뜻을 보이니 말이다."

다시 김 교장의 얼굴이 오늘 하늘에 떠 있는 보름달처럼 환해졌다.

"그럼요, 할아버지! 우리나라 최고의 명문인 서울대학교 교수예요. 서울대학교!"

연필신이 호들갑을 떨며 힐끗 채나를 쳐다봤다.

하지만 말은 시키지 않았다.

지금 채나의 표정은 예전에 홍 본부장이 〈수음세〉의 사회자 자리를 제시했을 때 거절하던 그 표정이었기 때문이다.

'여기서 말을 붙여봤자 뻔해!'

'서울대학교 교수? 한글도 제대로 모르는 내가?? 이렇게 대답하겠지!'

연필신은 채나에게 할 말이 해운대 백사장의 모래알처럼 많았지만 참았다.

채나의 친인척이 무려 백여 명이나 있는 자리였다.

연필신이 아니더라고 도와줄 사람이 백 명이나 됐다.

역시 고대 나온 여자다운 판단이었다.

한데, 지금 연필신이 교육부 홈피에서 퍼낸 국립 서울대학교 예술대학 교수 모집공고!

착각이었다.

김 교장과 연필신 등은 이 공지의 내용을 잘못 읽었다.

이 계획은 김 교장이 말했듯 대통령 선거를 앞두고 표를 의식해 채나의 인지도를 이용하고자 하는 것이 아니었다.

이미 전 정부에서 세우고 있었던 계획 중 하나였다.

무슨 연유에선지 국립 서울대학교에는 음대나 미대는 있

었어도 예술대학은 없었다.

빅마마나 준사마 같은 거물 연예인들과 인기 아이돌그룹들이 속속 등장하면서 세계만방에 한류의 열풍이 불자 서울대학교에 예술대학을 신설해야 한다는 여론이 비등했다.

정부에서 심각하게 검토하는 와중에 채나가 혜성처럼 등장해 빌보드 차트 등을 휩쓸면서 또다시 한류가 태풍처럼 번지기 시작하자 정부에서 단을 내렸던 것이다.

진짜 까마귀가 날 자 배가 떨어졌다.

"일단 집으로 가자꾸나, 애비야!"

"……!"

김 교장이 성큼 몸을 일으켰다.

"어떤 용건인지 모르지만 일국의 장관이요, 도지사에 군수가 방문을 했다. 예를 갖춰주는 게 도리지! 차라도 한 잔 대접하고 주민들과 상견례를 나누는 게 옳은 수순이고."

"아, 예 아버님!"

"채나도 어서 일어나거라. 집으로 가자!"

김 교장이 뚱한 얼굴을 하고 있는 채나의 손을 잡았다.

'후우— 채나 씨가 거물은 거물이네. 아무리 정치적인 색이 짙다고 해도 그렇지 장관에 도지사까지 쫓아와? 그것도 서울대학교 교수를 맡아 달라고?

지 PD가 소리 없는 한숨을 길게 내쉬었고,

"저 할아버님! 장관님들과 대화를 하시는 모습을 촬영하면 안 될까요?"

조심스럽게 물었다.

"그럼. 조명을 좀 더 환하게 밝히게! 인터뷰도 적극적으로 하고!"

"……?"

"불감청(不敢請) 고소원(固所願)이라는 말이 있네. 감히 먼저 청하지는 못하지만 마음속 깊이 바라고 있다는 뜻이지! 지금 오는 손님들 속마음일세. 모두 정치가가 아닌가? 어떤 명분으로든 TV에 비춰지고 싶어 한다네."

김 교장이 얼추 한 세기를 살아온 노회한 정치가들의 마음을 정확히 읽었다.

"하하하, 알겠습니다! 정중하게 용건을 밝히고 씩씩하게 촬영하겠습니다."

지 PD가 김 교장의 조언을 듣자마자 머릿속에서 연출을 시작했다.

"좋네! 혹여 통 편집은 하지 말고."

"아하하하! 호호호!"

끝으로 김 교장이 한마디 했고 지 PD와 연필신 등 〈스타의 고향〉 스텝들이 폭소를 터뜨렸다.

신 장관등을 열심히 촬영하는 척하다가 채나만 남겨두고

모조리 편집하지는 말라는 뜻이었다.

　평생을 교육에 받친 김 교장은 일제강점기에 서울대학교의 전신인 경성제국대학을 졸업한 선지자였다.

　현 대통령후보인 민광주 의원이 호남 유생의 적자라면 김집 교장은 영남 유생의 태두였다.

5장

한가위

"루루루!"

노란 앞치마를 걸친 채나가 큼직한 쟁반을 든 채 콧노래를 부르며 종종걸음으로 부엌을 가로질렀다.

흡사 예쁜 병아리가 걸어가는 것 같았다.

촤르륵!

조명을 환하게 밝힌 카메라가 엄마 닭처럼 채나를 쫓아갔다.

"일단 막걸리부터 한잔하실까? 울 아빠가 옆 동네 다랭이 마을에서 생산된 무농약 우렁이 쌀로 빚은 해죽포 탁주야."

채나가 뽀얀 막걸리가 담긴 항아리를 내려놓으며 입을 열었고.

"알지? 우리나라 대통령께서 드시고 엄지를 치켜들었다는 그 술, 아니, 약이야 약! 먹으면 마구 용감해지는 약!"

바가지로 막걸리를 그득 퍼서 내밀었다.

"히히히, 그래? 어디 용감해지는 약을 좀 먹어볼까?"

연필신이 막걸리를 시원하게 들이켰다.

연필신은 보리밭 옆에만 가도 취하는 채나와 달리 어릴 때부터 아버지인 연대희 이장에게 영재교육을 받은 덕분에 술을 제법 마셨다.

고려대학교 축제 때 과대표로 막걸리 마시기 시합에 출전해 우수한 성적으로 입상해서 호랑이가 그려 있는 손목시계까지 받은 고수다.

연술녀라는 별명도 그때 하사받았고!

"캬하― 정말 대통령께서 드시던 어주라서 그런지 할매집 막걸리하고는 차원이 다른데? 완전 입에 착착 감겨!"

연필신이 입술을 훔치며 김남수 사장이 만든 해죽포 탁주를 품평했다.

"헤헤헤! 안주도 먹어야지. 아롱사태를 먹으면 소 한 마리를 다 먹은 것과 같다, 라는 말이 있지. 안동 한우의 아롱사태로 내가 직접 만든 쇠고기 육회야. 거기에 울 엄마가 농사지

은 참깨로 짠 기름장을 듬뿍 찍어서… 껵다리 아줌마, 아?'

채나가 환하게 웃으며 연필신에게 육회를 먹여 줬다.

"짭짭… 진짜 죽여준다, 죽여줘. 육즙이 쪽쪽 뿜어져 나오는 게 넘넘 고소해!"

"그치? 나도 고기하면 한 고기하는데 안동 한우가 이렇게 맛있는 줄은 오늘 처음 알았어. 입가심으로 이걸 같이 먹어. 남해 특산 흑마늘이야. 어때?"

"무슨 마늘이 달지? 인정하긴 싫지만 우리 아빠가 재배한 마늘보다 한 수 위다."

"먼저 육회를 먹어. 그리고 배가 어느 정도 차면 막걸리를 먹으라고! 이게 음식을 많이 먹는 요령이야."

"웅웅! 근데 원래 육회가 이렇게 맛있는 거냐. 때지야?

"아냐, 아냐! 풀을 먹여서 키운 소라서 그런지 다른 쇠고기들하고 많이 달라. 이 녀석을 먹어 봐."

채나가 평소와는 전혀 다르게 연필신에게 음식을 많이 먹는 비법아닌 비법까지 가르쳐 주며 아주 친절하게 서빙을 했다.

"호호호! 채나 언니가 필신 언니를 엄청 좋아하는구나. 먹을 때는 불이 나도 움직이지 않는다는 채나 언니가 필신 언니 음식 수발을 다 드네!"

옆에 앉아 식사를 하던 연필신의 매니저인 하선욱이 신기

한 표정으로 채나를 바라봤다.

"헤헤! 자식이 명절 때 지네 집에도 못 가고 울 집에 왔는데 내가 챙겨 줘야지."

정말 그랬다.

채나는 국민배우라는 빅마마까지 몸종으로 부리며 밥을 먹는 유명한 국민돼지였다.

이렇게 연필신에게 자상하게 음식을 챙겨주는 것은 신기하다 못해 괴이한 일이었다.

지금 말한 대로 채나는 연필신이 명절 때 고향인 영동으로 내려가지 않고 남해로 온 것에 가슴이 뭉클할 만큼 감동을 받았던 것이다.

"나도 우리 집에 가지 않고 남해로 내려왔거든요 채나 씨! 저도 육회 한 젓가락만?"

채나 옆에 앉아 있던 지 PD가 재롱을 떨며 입을 쩍 벌렸다.

"달광 아저씨는 앤한테 챙겨 달라 해!"

채나가 젓가락으로 육회 대신 지 PD의 볼을 꼬집었다.

"앤이 있긴 있는데 영 까칠해서……."

"……!"

지 PD가 연필신을 쳐다보며 은근히 작업을 걸자 연필신의 깨알 같은 눈이 안동 한우 눈만큼이나 커졌다.

"나 아버지 모시고 살 일 없거든, 달광 아저씨! 꿈도 커요?

내일 모레면 사십인 남자가 젊고 예쁜 여자 좋은 건 알아서. 어후— 소름이 쫙 끼치네!"

"깔깔깔! 큭큭큭!"

연필신이 〈개판〉에 나오는 구로동 꺽다리 아줌마처럼 표독스러운 표정으로 지 PD를 보며 온몸을 떨자 함께 식사를 하던 〈스타의 고향〉 스태프들이 자지러졌다.

"야야, 연필신! 남자 나이 서른다섯이 그렇게 많은 나이냐? 글구 나 괜찮은 남자라는 거 니가 더 잘 알잖아!"

"달광 아저씨! 제발 은근 슬쩍 작업 들어오지 마, 응? 채나 같이 순진한 애들은 오해해!"

지 PD가 계속해서 들이대자 연필신이 칼처럼 잘랐다.

"우헤헤헤헤!"

갑자기 채나가 연필신과 지 PD를 교대로 쳐다보며 폭소를 터뜨렸다.

"너, 너 채나 어떤 생각을 했기에 그런 괴상한 웃음을 터뜨리는 거야?"

연필신이 뭔가 불길한 예감이 떠오른 듯 채나를 족쳤다.

"헤헤! 달광 아저씨와 꺽다리 아줌마가 결혼해서 꼬마를 낳으니까 딱 똥광 오빠야!"

"꾸엑!"

이번엔 〈스타의 고향〉 스태프들이 일제히 먹던 음식들을 토했다.

이들은 모두 DBS 방송사에 근무하는 직원들이었기에·드라마본부의 오동광 PD를 잘 알았다.

오동광 PD의 외계인 같은 용모는 사내에서 유명했고!

연필신과 지 PD의 2세는 오동광 PD.

채나의 상상이 너무도 잘 맞아 떨어졌다.

"김채나! 김채나! 너, 너 지옥 간다, 지옥 가! 아무리 장난이라도 그렇지 어떻게 그따위 해괴한 상상을 해?!"

연필신이 얼마나 당황했든지 말까지 더듬었다.

"미안 미안! 갑자기 그런 그림이 그려졌어, 에헤헤."

"큭큭큭! 깔깔깔!"

〈스타의 고향〉스탭들도 자꾸 상상이 되는 듯 연필신과 지 PD를 돌아보며 낄낄댔다.

"어이구— 일을 어쩌냐? 보나마나 며칠 있으면 껑다리 아줌마+달광아저씨=똥광 PD라는 공식이 방송가에 쫙 돌 거야. 미치겠다. 오빠 때문에 나 이제 시집 다갔어!"

연필신이 수학 선생님 출신답게 간단한 공식으로 채나의 상상을 정리했다.

"뭘 걱정해? 그냥 나하고 결혼하면 되지."

"오오오빠! 달광 아저씨!"

지 PD가 계속해서 추근대자 연필신의 주근깨가 새빨갛게 달아올랐다.

지 PD와 연필신은 고려대학교 선후배로 연필신의 무명 시절 지 PD가 여기저기 선을 넣어 열심히 도와줬다.

그만큼 허물없는 사이였다.

"아휴! 방에 들어가서 식사들 하라니까?"

그때 용희 용순이의 엄마, 채나의 작은엄마인 황 여사가 큼직한 접시를 들고 다가왔다.

"신경 쓰지 마세요, 작은엄마! 몽땅 촌것들이에요."

"하하, 맞습니다, 어머님! 필신이 말대로 우린 방보다 이런 부엌이 편합니다."

연필신이 황 여사를 안심시켰고 지 PD가 한 팔 거들었다.

"귀한 손님들인데 참… 이거 먹어봐라, 채나야! 아까 한수 대부가 잡아온 낙지인데 너 주라고 가져오셨구나."

"나아악지!? 병든 황소도 딱 세 마리만 먹으면 벌떡 일어난다는 자양강장제의 최강!"

채나가 접시 위에서 꿈틀거리는 산 낙지를 맨 손가락으로 집어가며 환호를 했다.

한국 음식문화에 완벽하게 적응한 채나는 낙지, 오징어, 꼴뚜기, 문어, 주꾸미 등 연체동물들을 아주 좋아했다.

귀찮게 조리를 하거나 굳이 씹지를 않고도 많은 양을 먹을 수 있다는, 채나가 가장 중요하게 여기는 '많은 양'의 이점이 있었기 때문이다.

맛있는 음식 냄새가 진동하는 실내.

우리나라의 전형적인 재래식 부엌이었다.

광산 김가 해죽공파 종가의 부엌답게 큼직한 무쇠 솥이 걸린 아궁이가 무려 다섯 개나 됐다.

황 여사 등이 부엌을 오가며 부지런히 음식을 만들었고,

부엌 저편에서는 채나와 연필신, 지 PD 등이 낡은 평상 위에 모여앉아 깔깔대며 식사를 했다.

시골에서 명절이나 잔치 때 흔히 봤던 그 모습이었다.

일가친척들이 부엌에 옹기종기 모여 음식을 먹으며 수다를 떨던 그 풍경.

이따금 생각나는 그리운 기억이다.

"채나 언니! 할아버지가 잠깐 들어오래."

해죽포 탁주 경리사원인 채나의 사촌동생 용순이가 총총걸음으로 부엌에 들어왔다.

"이 영감님들이 치매가 있나? 난 대학교수는 취미도 없고 자격도 없다고 그토록 열심히 설명을 했거늘 왜 또 불러?"

살아 있는 낙지들을 열심히 죽이던 채나가 와락 짜증을 냈다.

짜증 낼 만도 했다.

채나는 이미 신정도 장관과 긴 면담을 끝냈다.

신정도 장관이 김 교장 댁을 방문한 목적은 연필신이 예측한 그대로였다.

정부 측을 대신해서 교육부 수장의 자격으로서 아주 정중하게 채나를 신설되는 국립 서울대학교의 예술대학 대중음악과 교수로 초빙했다.

신정도 장관은 무려 서른세 가지 이유를 들어 채나가 서울대 교수가 돼야 함을 역설했고 채나는 자신이 교수가 될 수 없는 아흔아홉 가지 이유를 댔다.

그리고 재빨리 부엌으로 들어와 허겁지겁 배를 채우고 있을 때 또 불렀으니!

"빨리 가, 언니! 중요한 일이신가 봐."

"중요한 일? 난 지금 산 낙지 먹는 게 무엇보다 중요한 일이야."

"히히히, 어서 가봐, 채나야. 먼 길을 오신 손님들이잖아!"

연필신이 살살 채나를 달랬다.

"필신 언니도 같이 오라서."

"나도?"

"아저씨들이 인증샷을 찍고 싶으신 눈치야. 언니들 유명한 연예인이잖아? 후후!"

용순이가 손님들의 용건을 살짝 비췄다.

연필신은 김 교장 댁에 도착한 지 단 한 시간 만에 연예인이라는 막강한 무기와 약간의 뇌물을 살포해 김 교장부터 용희까지 모조리 측근으로 만들었다.

만만찮은 성격의 용순이가 서슴없이 언니라고 부를 만큼!

"어련하시겠어? 정치가들인데 지역 주민들에게 뭔가 보여 주셔야지. 가자, 필신아! 아깝지만 CD 몇 장 줘서 보내자."

"히히히! 그래."

"달광 아저씨! 하선욱! 낙지 손대면 죽어. 분명히 아홉 마리 남았어."

채나가 먹다 남은 낙지의 재고를 확인했다.

"하하하, 알겠습니다."

"안심하고 다녀와, 언니! 여기 산 낙지 좋아하는 사람 없어."

지 PD와 하선욱이 맹세를 했고 채나가 아쉬운 듯 몇 번이고 낙지 접시를 돌아보며 부엌을 나섰다.

쓰윽!

지 PD가 어떤 생각이 떠오른 듯 직접 카메라를 들고 쫓아갔다.

인증샷? 아니었다.

이번엔 사진이 아니라 직접 자필서명을 해야 했다.

대한민국 신정도 교육부장관님!

늘 격려해 주시고 응원해 주셔서 고맙습니다.

항상 건강하시고 행복하세요.

―가수 김채나!

"한 장 더 주실 수 있겠소? 채나 양!"

신정도 장관이 안경 너머로 CD 케이스에 적혀 있는 글을 찬찬히 읽은 후 정중하게 부탁을 했다.

"영국에서 열심히 공부하고 있는 신슬기라고 쓰셔서 말이오. 우리 막내딸이 채나 양 광팬이라오."

"네에, 장관님!"

채나가 즉시 CD 케이스 위에 덕담을 쓰고 사인을 해서 건네줬다.

"음, 역시……."

다시 신정도 장관이 CD 케이스에 쓰인 채나의 글씨를 살피며 고개를 주억거렸다.

이어 채나가 찻잔을 앞에 놓고 앉아 있는 박국창 경상남도 지사와 홍인표 남해군수에게도 CD를 건넸다.

"호오! 이 CD가 1,500만 장이 넘게 팔렸다는 그 유명한 〈김채나 스페셜 앨범〉입니까?"

"그건 국내에서 팔린 숫자구요. 영어 버전이 미국에 깔리면서 벌써 500만 장이 넘게 나갔답니다. 이제 2,300만 장이 훨씬 넘었어요. 지사님!"

박국창 지사의 질문에 연필신이 채나의 전직 매니저답게 찬찬하게 대답했다.

"허어어— 2,300만 장이라?!"

"상상조차 안 되는 숫자군요!"

박국창 지사와 홍인표 군수가 채나의 CD를 요모조모 살피며 탄성을 울렸다.

"잠깐 실례하겠습니다. 교장 선생님!"

"허허허, 그러시오. 나도 궁금하오. 우리 손녀 필체가 어떤지?"

이때, 신정도 장관이 김 교장을 쳐다보며 뭔가 양해를 구했고 김 교장이 흔쾌히 허락했다.

"이 비서관! 가지고 들어오게."

"예! 장관님."

신정도 장관이 장지문 밖을 쳐다보며 나직이 입을 열자 비서관이 가로 60센티 세로 150센티쯤 될 듯한 큼직한 액자 하나를 들고 들어왔다.

대한민국의 자랑스러운 천재 아티스트 김채나 양에게 항상 신의 은총이 함께하길 기원합니다.

　　　　　　　　　　　　　—대한민국 교육부장관 청송 신정도.

액자에는 서예의 대가가 한 자 한 자 정성스럽게 써내려간 한 폭의 글이 담겨 있었다.

서예에 입문했을 때 제일 먼저 공부하는 기본 서체인 해서 체였다.

주위에서 쉽게 구경할 수 없는 명필로 붉은 낙관까지 찍혀 있었다.

"채나 양의 앞날에 무궁한 영광이 있길 빌면서 내 졸필이 나마 몇 자 적어드리오."

"헤헤, 고마워요 장관님! 저희 집 안방에 걸어놓고 길이길 이 보관할게요."

짝짝짝! 핫핫핫!

신정도 장관이 깔끔하게 표구가 된 액자를 채나에게 건네 줬고 김 교장 등이 환하게 웃으며 박수를 쳤다.

신정도 장관은 대학 2학년 때 대한민국서예대전에서 대상 을 받은 소위 국전(國展) 작가였다.

역대, 우리나라 국회의원과 각료 중에서 가장 글씨를 잘 쓰 는 사람으로 국내뿐만 아니라 일본, 중국 등지에서 개인전을 열 만큼 유명한 서예가이기도 했다.

글씨로 3선 국회의원이 됐다는 농담 아닌 농담이 있을 만 큼 대단한 명필이었고!

그가 오늘 채나를 만나면 주려고 덕담을 써서 표구까지 해 왔던 것이다.

그만큼 철두철미한 정치가였다.

"미안하오! 연필신 양이 채나 양과 함께 있는 줄은 몰랐소. 내 훗날 꼭 한 폭 선사하리다."

"네! 장관님."

신정도 장관이 미소를 지으며 연필신에게 가볍게 사과를 했다.

연필신은 갑자기 어깨가 으쓱해졌다.

신정도 장관이 사과를 해서 그런 게 아니라 일국의 장관이 자신의 이름을 기억해 줬기 때문이다. 그만큼 인지도가 올라 갔다는 반증이기에!

연필신은 선생님 생활을 해봐서 교육부장관이 얼마나 대단한 위치에 있는 사람인지 아주 잘 알았다.

그때 이 비서관이 종이와 붓, 그리고 먹물을 조심스럽게 펼쳐 놓았다.

이어 신정도 장관이 뜬금없는 부탁을 했다.

"채나 양 차례요. 몇 글자 써주시구려!"

"……?"

연필신이 어리둥절했다.

채나에게 노래나 연기를 부탁하는 사람들은 많이 봤어도

글씨를 써달라는 사람은 처음이었다.

자신이 천재아티스트라고 덕담까지 써준 사람에게 글씨를 써줄 것을 부탁해?

교육부 장관님도 개그에 소질이 있으시구나!

이어지는 연필신의 생각이었다.

"헤헤헤! 그럴게요."

한데 뜻밖에도 채나가 서슴없이 붓을 잡고 글씨를 써 내려 갔다.

촤르르!

지 PD가 카메라로 채나가 쓰는 글씨를 클로즈업시켰다.

修身齊家治國平天下(수신제가치국평천하)
신정도 장관님의 정진을 기원합니다.

—가수 김채나.

채나가 글씨체 중에서 가장 예쁘다는 예서체로 중국 고전 인 대학(大學)에 나오는 유명한 문구를 정성스럽게 썼다.

……

일순간, 호박색 한지 장판이 유난히 반짝거리는 방에 아주 기이한 침묵이 흘렀다.

뭐라고 해야 할까?

전혀 생각지 못한 반전이라는 표현이 가장 가까울 것 같다.

채나가 노래나 연기 사격 등을 잘 하는 것은 알고 있었지만 서예에 능한 줄은 아무도 몰랐다.

미화 100만 달러를 퇴직금으로 받은 전 매니저 연필신까지!

사격 선수와 서예?

아티스트와 서예?

좀처럼 어울리지 않는 조합이었다.

"채나 양은 어떤 분께 서예를 사사하셨소?"

신정도 장관이 빙그레 웃으며 침묵을 깼다.

우리나라에서는 붓으로 글씨를 쓰는 예술을 서예(書藝)라고 한다.

중국에서는 서법(書法), 일본에서는 서도(書道)라 불렀고!

"헤헤, 미국에 있을 때 노래와 악기 등을 가르쳐 준 과외 선생님이 계셨어요. 그분이 서예에도 정통하셔서 조금 배웠어요."

"그랬구려. 아주 훌륭한 필체요."

채나가 말하는 과외 선생님.

선문의 97대 대종사 장룡, 짱 할아버지였다.

우리나라 식으로 치면 그리 틀린 표현은 아니었다.

"아마 대부분의 사람은 채나 양의 환상적인 노래 실력이나 연기력에 흘렸을 거요. 하나 난 채나 양의 다른 부분에서 매력을 느꼈소."

"헤에… 제가 체육단체 행사 때 방명록에 써 놓은 글씨를 보셨군요?"

"맞소! 내가 서예를 좋아해서 그런지 난 어느 자리에 가든 상대의 글씨를 먼저 보게 되오. 방명록에 남겨 놓은 채나 양의 글씨를 본 후 정말 깜짝 놀랐소. 새파랗게 젊은 아가씨가 그것도 세계적인 사격 선수요, 아티스타가 글씨를 이렇게 잘 쓰다니! 난 그때 채나 양이 지덕체를 완벽하게 갖춘 사람이란 것을 느꼈소."

신정도 장관이 채나의 글씨를 대놓고 칭찬했다.

"아후— 무슨 지덕체씩이나, 헤헤헤헤!"

채나는 산 낙지를 먹다가 중간에 멈추면서 빡쳤던 기분을 싹 잊어버렸다.

서예는 채나가 가장 소질이 없는 분야였고 가장 싫어하는 분야였다.

채나가 글씨를 약간 흘려서 쓰면 영어나 한문, 한글이 같은 글씨가 됐다.

말 그대로 올챙이나 지렁이가 기어가는 필체.

천하의 악필이었다.

채나가 짱 할아버지로부터 가장 많은 야단을 맞고 꾸중을 들으면서 배웠던 것이 이 글씨였다.

한데, 오늘 자신의 글씨를 알아주는 사람이 나타났다.

그것도 보통 사람이 아닌 서예의 대가인 일국의 장관이었다.

"실은, 내가 채나 양을 서울대 교수로 점찍은 것은 아까 말했듯 서른세 가지 이유가 있었지만 그중 가장 결정적인 것이 채나 양의 글씨였소. 고래로 글씨는 사람의 얼굴이요, 인격이라고 했소!"

"……."

신정도 장관이 노련한 정치가답게 대통령 선거를 앞두고 표를 의식해서 채나를 서울대 교수로 초빙하고자 한 것이 아니라는 뜻을 에둘러 말했다.

이어 신정도 장관이 채나가 쓴 글씨가 적힌 백지를 조심스럽게 챙겼다.

"고맙소! 채나 양의 이 글씨가 어떤 보험보다 더 든든하게 내 노후를 지켜줄 것 같소."

"우헤헤헤! 축하합니다."

이제 채나의 기분이 완전히 풀렸다.

대한민국 정부에서 자신을 서울대 교수로 초빙하는 것이 정치적인 목적이 아니라 능력을 인정했기 때문이라는 것을 확실하게 느꼈다.

한 나라의 국립대학교수로 초빙받는다는 것은 모든 이유를 떠나 기분 좋은 사실임이 틀림없다.

"근데 서울대 교수 공채 건은 이력서만 제출하면 되는 건가요? 장관님!"

"이 비서관!"

채나가 신정도 장관이 원했던 대답을 꺼냈고,

"모든 서류는 저희가 준비하겠습니다. 채나 씨께서는 잠깐 짬을 내서서 서류들을 검토하신 뒤에 서명을 해주시면 됩니다."

"알겠습니다. 일단 접수를 해주세요."

"예! 채나 씨."

서울대 교수 공채에 응모할 뜻을 밝혔다.

신정도 장관은 내일 모레 환갑인 3선 국회의원이요, 교육부장관이었다.

노회하기 짝이 없는 사람이다.

채나는 이십 대 초반의 아가씨였고!

당연히 밀당에서는 게임이 안 됐다.

하지만 나이가 고수를 만드는 것은 아니다.

채나 또한 계산을 끝냈다.

여러 번 말했지만 채나는 〈우스타〉에서 낙마한 후 인생관 자체를 바꿨다.

채나는 이미 만만찮은 정치가로 변신해 있었다.

또, 지금처럼 서울대학교수라는 엄청난 자리를 제시하면서 교육부장관이 직접 쫓아와 부탁하는 일이 과장된 것 같지만… 현실이다.

보통사람이 대학교수가 되려면 지난한 과정을 거친다:

하나 채나 같은 세계적인 스타가 되면 얘기가 많이 달라진다.

실은, 채나는 벌써 요로를 통해 모교인 미국의 UCLA와 뉴욕대학 등으로부터 교수직을 제시 받았다.

채나는 대학 측에서 볼 때도 아주 매력적인 아티스트였다.

어쨌든 대한민국에서 서울대학교수가 된다는 것!

가문의 영광이었다.

김 교장과 김남수 사장이 더없이 흐뭇한 표정을 지었다.

여전히 카메라는 씩씩하게 돌아갔다.

"장관님, 용건이 끝나신 듯하니 이번엔 내가 몇 가지 좀 물어보겠소. 채나 양!"

"네, 지사님!"

"소문에 채나 양이 곧 월드투어를 시작한다고 하든데, 일정이 어떻게 됩니까?"

경상남도 박국창 도지사가 거침없이 질문했다.

채나의 월드투어!

세계 각국을 돌며 펼치는 공연.

그 말도 많고 탈도 많았던 채나의 첫 번째 월드투어가 재미있게도 어떤 공연기획자나 엔터테인먼트 담당자가 아닌 경상남도지사 입에서 튀어나왔다.

촤르르륵!

지 PD가 카메라의 녹음장치를 확인한 후 촬영을 재개했다.

그만큼 채나의 월드 투어 일정은 많은 사람의 관심사였다.

"내년 1월에 제 정규앨범이 세계 오십 개 국에서 동시에 발매돼요."

채나가 아주 사근사근한 목소리로 대답했다.

자신이 좋아하는 노래, 그 노래를 실컷 부를 수 있는 공연 일정을 물어봤기 때문이다.

"정규앨범 출시 기념으로 미국의 뉴욕, LA 등 오대 도시와 중국의 상해, 북경 등 사대 도시, 일본의 도쿄와 교토 등 오대 도시에서 공연을 합니다. 우리나라에서는 3월에 서울을 시작으로 대전, 대구, 부산, 광주 등 전국 다섯 개 도시에서 할 예정이에요. 곧바로 유럽으로 건너가고요."

"한국 투어를 3월로 계획한 것은 대통령 선거 때문이요?"

이번엔 신정도 장관이 질문을 했다.

정치적으로 아주 민감한 질문이었다.

"네! 제 공연을 대통령 선거에 이용한다는 오해는 받고 싶지 않습니다."

우리나라 대통령 선거는 내년 2월에 있을 예정이었다.

채나는 신정도 장관이 소속된 여당인 한국자유당이 아니라 야당인 민주평화당 소속이었다.

"많이 섭섭하군요, 채나 씨!"

"왜 우리 경상남도는 채나 씨 공연에서 빠졌죠?"

채나가 밝힌 한국 공연에 경상남도에 있는 도시 이름이 없자 박국창 지사와 홍인표 군수가 항의를 했다.

두 사람이 김 교장 집을 방문한 결정적인 이유였고 꼭 확인하고 싶었던 문제였다.

경상남도에서 채나가 공연을 하면 박 지사나 홍 군수에게는 정치적으로 엄청난 프리미엄을 얻을 수 있었다.

"굳이 말씀드릴 필요가 있나요?"

"……!"

채나가 되묻자 박국창 지사와 홍인표 군수가 당혹했다.

"저희 집이 이곳 남해인데 경남에서는 무조건 해야죠. 우리 일가친척 분들이 제 공연을 쉽게 보실 수 있도록 이곳 남해나 진주에서 할 겁니다. 그때 장관님이나 도지사님, 군수님을 모두 모실게요. 꼭 와주세요!"

채나가 자신의 공연에 오늘 김 교장 집을 방문한 세 사람의 정치가들을 초청했다.

세 사람의 얼굴이 밖에 떠 있는 보름달처럼 밝아졌다.

"하하핫! 물론입니다. 지금부터 일정을 조정하겠습니다."

"난 초청장은 필요 없소, 채나 양! 직접 예매를 해서 가겠소이다."

박국창 지사와 신정도 장관이 이렇게 대답했고,

"무조건 남해군에서 하십시오. 진주로 결정하시면 채나 씨 공연장에서 중년사내 한 명이 스트립쇼를 하는 아주 피곤한 장면을 목격하게 되실 겁니다."

홍인표 군수는 또 이렇게 협박했다.

"핫핫핫, 허허허허!"

그때 용순이가 조용히 방으로 들어와 김남수 사장에게 메모지를 전했다.

"채나야! KBC TV의 〈KK팝〉 스태프들이 두 시간쯤 뒤에 우리 집에 도착한다는데 애기가 된 게냐?"

김 사장이 메모지를 든 채 채나에게 물었다.

"응! 내일 KBC 진주방송 총국에서 〈KK팝〉 녹화가 있거든. 잠깐 우리 집에 들러서 할아버지랑 아빠한테 인사를 하라고 했어."

……

아주 잠깐 동안 침묵이 흘렀다.

지금 DBS에서 내려와 카메라를 돌리고 있는 판에 KBC에서 또 온다는 사실이 황당했던 것이다.

채나가 얼마나 대단한 스타인지 짐작할 수 있는 대목이었다.

"우리가 너무 오랫동안 채나 양을 붙잡고 있었던 것 같소. 손님들이 들이닥치기 전에 사진이나 한 방씩 찍고 갑시다."

신정도 장관이 작별 인사를 했다.

팍팍!

김 교장이 거처하는 방에 모여 있던 사람들이 대문 앞에서 인증 샷을 찍었다.

연필신은 명절을 식구들과 함께 보내지 못하고 채나에게 달려온 대가를 얻었다.

채나와 신 장관 등과 함께 찍은 사진들이 정부청사 등 수많은 관공서에 나붙었기 때문이다. DBS 뉴스에서 전국에 보도를 했고!

이제 많은 국민은 연필신을 장관이나 도지사와 함께하는 진정한 고품격 개그우먼으로 규정했다.

*　　　　*　　　　*

별들이 쏟아지는 밤.

한가위 보름달이 휘영청 밝은 밤.

이십여 척의 어선이 정박한 해죽포 방파제에서 세 사람이
모여 앉아 두런두런 얘기를 나누며 술을 마셨다.

지일사 PD를 비롯한 DBS〈스타의 고향〉스태프들이었다.

"바닷가나 산속에는 산소가 풍부해서 술을 마셔도 잘 취하
지 않는다더니 확실하네요."

"진짜, 그래! 막걸리를 잔뜩 마셨는데 전혀 취기가 느껴지
지 않아."

"혹시 안주가 좋아서 그런 건 아닐까요? 형님!"

"그런가? 나도 이렇게 호화찬란한 안주를 놓고 술을 마시
는 건 생전 처음이라서 말야."

"흐흐흐! 그런 의미에서 전국적으로 한잔하죠?"

덩치만큼이나 주량이 큰 구자일 촬영감독이 잔을 내밀었
다.

세 사람이 '스타의 고향 발전을 위하여'를 외치고 시원하
게 들이켰다.

"하아 참… 이 막걸리는 어떻게 먹을수록 맛있냐?"

"진짜 대통령이 드시던 어주 맞습니다. 시원한 식혜 맛이
나요."

지 PD와 구 감독이 연신 해죽포 탁주에 대해 찬사를 늘어

났다.

"얼씨구? 아주 제대로 자리 잡으셨구만!"

연필신이 매니저인 하선욱과 함께 다가왔다.

"어서 와!"

"하하! 필신 씨, 선욱 씨 이쪽으로 앉으세요."

지 PD와 구 감독이 자리를 권했다.

연필신과 하선욱이 주저없이 합석을 했다.

"한잔하시죠. 필신 씨, 선욱 씨도!"

구 감독이 연필신과 하선욱에게 술잔을 건네줬고,

"채나 씨는 자?"

지 PD가 채나의 동향을 물었다.

"히히히! 앞으로 두 시간쯤 뒤에 잘 거야. 안동 한우 반 마리쯤 먹고!"

"푸후, 채나 씨 진짜 굉장해! 그 쪼그마한 체구에 뭔 양이 그렇게 크대?"

"성량은 또 얼마나 크구요!"

"채나가 큰 게 어디 한두 가지야? 근데 웬 술안주가 이렇게 거창해?"

"정말? 〈스타의 고향〉 제작비를 몽땅 술값으로 투자한 거예요, 지 PD님?"

연필신과 하선욱이 십여 가지가 넘는 안주를 쳐다보며 탄성을 터뜨렸다.

"우린 아무 죄도 없습니다."

"그저 남해 군수님이 저 슈퍼에서 사주신 음료수를 먹고 있었죠."

"으흐흐! 모두 주민들이 갖다 주셨어. 막걸리부터 이 회무침까지!"

"햐야— 이 동네 사람이 모조리 채나 친척이라고 하더니 손님 대접 딱 소리 나네!"

"진짜 진짜 인심 좋은 마을이네요."

"뭐 소 두 마리와 돼지 열다섯 마리를 풀면 어떤 마을이든 인심이 좋아져."

"……!"

연필신과 하선욱이 해죽포 주민들의 인심을 찬양하자 지 PD가 의미심장한 멘트를 날렸다.

원래 동네 인심이 좋은 게 아니라 채나가 워낙 동네 사람에게 잘했기 때문에 그렇다는 뜻이었다.

시사다큐 전문 PD다운 판단이었다.

"따지지 마! 구 감독하고 난 작년에 '한반도 기행'을 촬영하면서 우리나라 농어촌의 인심을 피부로 느꼈으니까."

"요즘은 시골보다 서울 인심이 훨씬 좋습니다. 여기 김 PD가 수박 하나 따 먹다가 걸려서 개박살 났죠. 파출소 왔다 갔다 하고."

"큭큭, 비싼 수박 먹었습니다, 그때!"

"홍! 지난번에 우리 수박 밭에서 서리하다가 걸린 사람이 김 PD님이셨구만?"

"으ㅎㅎㅎ! 깔깔깔!"

지 PD 등이 변해 버린 농촌 인심을 거론하자 연필신이 농촌의 딸답게 듣기 싫다는 듯 영동의 수박밭을 내세우며 말을 끊었다.

"그건 그렇고, KBC팀이 내려오면 어떻게 되는 거야 달광 아저씨?"

"그것도 〈KK팝〉하고 〈KBC 스포츠〉 두 팀이나 내려온대요."

이어 연필신과 하선욱이 걱정스러운 표정으로 〈스타의 고향〉 촬영 일정을 물었다.

실은, 방파제 앉아 술을 마시던 지 PD 등은 바로 그 문제를 의논하고 있었다.

〈스타의 고향〉은 채나와 정식으로 계약을 맺고 촬영하는 프로그램이 아니었다.

홍 본부장을 통해 채나에게 간접적인 OK 사인을 받아냈고 연필신이라는 빽(?)을 믿고 남해에 내려와 촬영부터 시작했다.

모든 부수적인 문제는 뒤에 처리하기로 하고!

그만큼 DBS도 시청률이 고팠던 것이다.

'서울대 교수 공채건'과 '김채나 월드 투어'라는 불로소득을 건지면서 잘나갔다.

딱 거기까지였다.

생각지도 못했던 KBC의 KK팝과 스포츠팀이라는 암초를 만났다.

〈KK팝〉은 채나가 얘기했듯 오래전에 채나 스케줄에 맞춰 남해에서 가까운 KBC 진주방송 총국에서 '추석특집'을 녹화하기로 계획했던 것이다.

물론, 대외적인 명분은 '경남 지역 주민의 방송 참여와 지방 문화의 발전'이었지만!

당연히 채나는 내일 KBC 진주방송 총국의 대공개 홀로 가야 했기에 〈스타의 고향〉과는 보조를 맞출 수 없었다.

"어쩔 수 없지 뭐! 내일은 남해군 일대의 풍경이나 찍는 수밖에."

지 PD가 쓰게 말했고.

"뭐야? 그리고 보니 필신이 너도 진주에 가야잖아? 너 〈KK팝〉 MC잖아, 임마!"

이어 연필신을 보며 마구 눈을 흘겼다.

"히히히! 난 잠깐 오프닝 멘트만 따면 돼요."

연필신이 미안한 듯 말꼬리를 낮췄다.

"야, 김 PD! 이 막걸리하고… 보따리 챙겨라! KBC 공채 개그우먼하고 DBS PD가 언제부터 사이가 좋았다고 대작을 하냐?"

"이히히히! 큭큭큭!"

지 PD의 능청에 연필신 등이 폭소를 터뜨렸다.

구구구궁!

연필신이 웃으면서 주먹으로 지 PD를 때리려 하다가 엄청난 굉음에 놀라 지 PD 품으로 쓰러졌다.

"필신아! 육탄공세까지는 안 해도 돼. 그냥 용서해 줄게."

"죽는다! 달광 아저씨."

지 PD가 연필신을 껴안으며 너스레를 떨자 연필신이 지 PD를 밀치며 빽 소리쳤다.

부우우우웅!

하지만 연필신의 째진 음성은 바다 저편에서 들려오는 엄청난 굉음에 그대로 묻혔다.

연필신과 지 PD 등이 일제히 바다 쪽을 쳐다봤다.

거대한 고무보트처럼 생긴 배가 엄청나게 빠른 속도로 달려왔다.

흡사 바다 위를 떠서 날아오는 듯했다.

아니, 실제 떠서 날아왔다.

"저, 저건 군용 공기부양상륙정인데?! 미군 애들이 쓰는 LCAC야!"

구 감독이 뜻 모를 말을 쏟아내며 반사적으로 옆에 놓여 있던 ENG 카메라를 집어 들었다.

구 감독은 해병대 출신이었다. 해병대에서 복무할 때 미군들과 합동상륙작전을 하면서 공기부양상륙정을 여러 번 타봤다.

"놓치지 마, 구 감독!"

지 PD가 방송사 PD 특유의 촉을 발하며 구 감독에게 촬영을 명령했다.

"알겠습니다."

구 감독이 잽싸게 대답하며 카메라를 켰다.

공기부양상륙정(LCAC).

상륙작전을 실시할 때 함안 이동 단계에서 상륙군의 병력, 장비 및 보급품을 먼 바다에서 고속으로 수송하는 배.

조류나 수심, 수중장애물 또는 해안 경사도에 관계없이 작전이 가능했다.

황당하게도 지금 휘영청 달 밝은 가을밤에 남해의 작은 어촌에 어선 대신 미군 공기부양상륙정 LCAC 한 척이 바람처럼 쏘아오고 있었다.

두두두둥!

순식간에 정말 순식간에 공중부양상륙정이 방파제 앞에서 멈췄다.

바로 지 PD 등이 술을 마시고 있던 그 자리였다.

곧 바로 자동소총을 든 채 완전 무장을 한 검은 제복의 괴한들 십여 명이 상륙정에서 뛰어내렸다.

차착!

두 명의 괴한이 그림자처럼 구 감독에 다가와 카메라를 빼앗았다.

'이, 이 새끼들 미군 놈들이다!'

구 감독이 괴한들의 정체를 간단히 눈치챘다.

뜻밖에도 괴한들은 동양인들이 아니라 흑인과 백인들이었다.

괴한들이 빠르게 대형을 갖추며 사주경계를 했다.

지 PD가 자신도 모르게 식은땀을 주르르 흘렸다.

한밤중에 자동소총으로 무장을 한 검은 제복을 걸친 십여 명의 괴한이 사주경계를 하며 우뚝 서 있는 모습은 그야말로 섬뜩했다.

이어, 캐주얼한 재킷을 걸친 한 사내가 총 대신 가방을 들고 상륙정에서 내렸다.

"……!"

찰나 연필신의 입이 딱 벌어졌고,

"저, 저 사람— 채나 약혼자야!"

자신도 모르게 소리쳤다.

"연필신 씨!"

"장 박사님!"

케인과 연필신이 눈이 커진 채 마주보며 이름을 불렀다.

6장

KK팝

"어헛헛헛헛헛헛—"

사랑채에서 빠져 나온 김 교장의 낭랑한 웃음소리가 해죽포 앞바다를 뒤흔들었다.

김 교장이 이렇게 기분 좋게 웃어 보는 것은 이십 년 만에, 아니, 평생 처음이었다.

큰아들인 김철수 교수가 MIT에 합격했을 때도 둘째 아들인 김영수 변호사가 서울 법대에 붙었을 때도 채나가 왔을 때도 이렇게까지 기분이 좋고 웃음이 쏟아지지는 않았다.

꿈속에서조차 상상하지 못했던 손님.

죽기 전에 꼭 한 번 만나보고 싶었던 인물.

그 사람이 추석을 앞둔 이 늦은 밤에 김 교장을 찾아왔다.

"어허허허, 내 평생 가장 반가운 손님이로고!"

노벨상 수상자 닥터 케인, 국민박사 장한국.

김 교장이 공손하게 큰절을 하는 케인을 보며 연신 함박웃음을 터뜨렸다.

"오냐, 오냐! 잘 왔다, 아주 잘 왔어! 우리 손녀사위!"

김 교장이 케인의 손을 꼭 잡고 눈시울을 붉혔다.

연초에 채나 엄마인 이경희 교수에게 케인과 채나의 결혼 소식을 듣고 너무 기뻐서 사나흘이나 밤잠을 설쳤다.

짱 할아버지가 돌아가셔서 결혼식이 연기됐다는 소식을 듣고 뉴욕행 비행기 티켓을 취소하면서 얼마나 아쉬워했는지……

"우리 장 박사 인물이 좋구나! 아주 잘생겼어."

"내일 당장 출판사에 연락해서 사진을 바꾸라고 해야겠습니다. 아버님!"

"아무래도 초등학교 교과서에 실린 사진은 장 박사 큰아버님 사진 같군요."

"어허허! 호호호!"

김 교장과 김 사장, 서 선생 등이 사랑채 큰방에 앉아 케인의 절을 받으며 준수한 용모를 칭찬했다.

"헤헤헤, 내가 그랬잖아? 울 신랑이 인물하고 머리는 세계 최고라구!"

"바보야! 이럴 때는 니가 나서는 거 아냐."

"그래도 나서고 싶다. 헤헤!"

채나와 케인이 나란히 앉아 애교를 떨었다.

"허허허! 한 녀석은 보름달처럼 푸근하고, 한 녀석은 별처럼 반짝이고… 내 팔십 평생 이렇게 잘 어울리는 쌍은 처음 보는구나. 너무 보기 좋아. 아주 예뻐!"

김 교장이 흐뭇한 표정으로 케인과 채나를 살펴보며 연신 고개를 주억거렸고.

"한데 장 박사?"

"예! 할아버님."

"어디서 오셨기에 이 야심한 시각에 배로 오신 겐가?"

많은 사람들이 궁금해 하는 상황을 질문했다.

"실은 제가 스웨덴 왕실의 초청을 받아 스톡홀름으로 가는 길이었습니다."

"스웨덴의 스톡홀름?? 그럼 신랑?!"

케인이 스웨덴이라는 말을 꺼내자마자 채나의 눈이 정말 밤하늘의 별처럼 반짝였다.

가장 기분 좋을 때 나오는 리액션이었다.

"하하! 어제 연락이 왔어. 우리 울보에게 제일 먼저 전해

주고 싶어서 여길 왔고."

케인이 꽤나 기분이 좋은지 입가로 웃음이 번졌다.

"끼약— 울 오빠, 울 신랑 만세!"

돌연 채나가 케인을 부둥켜안으며 환호성을 터뜨렸다.

"……?"

김 교장 등이 어리둥절할 때,

"우헤헤헤헤, 할아버지! 아빠! 오, 오빠, 아니, 이 사람이 노벨상을 또 받았대. 이번에는 생리의학상이야. 의학상이야!"

채나가 케인의 두 번째 노벨상 수상 소식을 알렸다.

케인은 이미 몇 달 전에 채나에게 노벨상을 또 받을지 모른다고 운을 떼었다.

노벨 화학상에 이어 노벨 생리의학상.

"……!"

갑자기 지 PD가 들고 있던 ENG 카메라가 흔들렸다.

너무도 엄청난 뉴스를 접해 당황했던 것이다.

…….

잠깐 동안 아주 잠깐 동안 당혹스러운 침묵이 흘렀다.

방안에 있는 모든 사람은 노벨상이란 말을 어릴 때부터 들었지만 현실적으로 체감할 수 있는 어휘가 아니었기 때문이다.

"채나는 잠깐 기다려 보거라. 무슨 말인가? 장 박사! 자네가 또 노벨상을 받다니?"

김 교장이 현자답게 침착하게 주인공인 케인에게 물었다.

"예! 작년에 제가 '암의 출발과 끝의 함수 관계'라는 논문을 발표했습니다. 그 논문이 여러 학술지에 실리면서… 스웨덴 캐롤린 의학연구소에서 올해 노벨 생리의학상 수상자로 결정됐다는 연락이 왔더군요."

케인이 미소를 띤 채 찬찬히 설명을 했다.

"오오오오! 사실인가? 정녕 사실인가?!"

"정말정말 축하드립니다. 장 박사님! 노벨 화학상에 이어 2관왕이 되신 건가요?"

지 PD가 카메라로 케인을 클로즈업하면서 직접 인터뷰를 했다.

"이 관왕이라는 표현은 좀 그렇습니다만 분명히 두 분야에서 받는 것은 맞습니다. 화학상에 이어 생리의학상을 수상하게 됐으니까요."

"다시 한 번 축하드립니다! 이 기쁜 소식을 우리나라 모든 국민에게 알리고 싶은데 괜찮겠습니까?"

지 PD가 방송사 PD답게 보도 여부의 의사를 신중하게 물었다.

"하하, 그럼요. 아마 내일 즈음 여러 매스컴에 보도가 될 겁니다."

케인이 특유의 부드러운 표정으로 대답했고,

"뭐 스웨덴에서 인터뷰가 예정돼 있는데… 제 일정 때문에 어찌 될지 모르겠군요."

고개를 갸우뚱했다.

"으씨! 무슨 소리야? 세계 최초로 노벨 화학상과 노벨 생리의학상, 이관왕을 먹었는데 세계만방의 기자들을 몽땅 모아놓고 인터뷰를 해야지!"

채나의 눈이 가늘어졌다.

화가 났다는 신호였다.

사실, 그동안 누구도 지적하지 않았지만 국민박사 장한국의 노벨 화학상 수상 이력은 약간 거품이 있었다.

무슨 논문을 표절했다거나 자격 없는 사람이 받았다는 것은 결코 아니다.

우리나라 매스컴에서 열심히 외치듯 동양인 최초로 받은 것이 아니라는 뜻이다.

일본의 학자들이 먼저 받았다.

세계 최초는 더욱 아니다.

1901년에 제정된 노벨상은 이미 백 년의 역사가 넘었다.

그럼 지금까지 얼마나 많은 학자가 수상을 했을까?

하지만, 지금 케인이 밝힌 대로 생리의학 분야에서 또 노벨상을 수상했다면 세계 최초가 틀림없었다. 프랑스의 그 유명한 마리 퀴리나 존 바딘 등 네 명의 과학자가 두 번씩 노벨상을 수상한 전력이 있었다.

하지만 화학과 생리의학 두 분야에서 노벨상을 수상한 사람은 단 한 명도 없었다.

케인이 웃으면서 가볍게 말했지만 지금이야말로 한국 과학사, 세계 과학사를 새롭게 써야 할 역사적인 순간이었다.

이제 대한민국 사람이 그렇게 좋아하는 세계 최초, 세계 제일이라는 접두사를 붙여 케인을 칭송해도 아무도 시비 걸 사람이 없었다.

그때, 케인이 지 PD에게 손짓을 했다.

카메라를 잠깐 꺼달라는 신호였다.

지 PD가 뭔가 낌새를 채고 재빨리 카메라를 껐다.

"스웨덴으로 가는 도중에 미국 정부로부터 급한 연락을 받았습니다."

케인이 카메라를 꺼달라는 이유를 조심스럽게 밝혔다.

"저쪽의 최고 지도자가 건강이 급속히 나빠져서 저를 찾고 있다는 전갈이었습니다."

이어 케인의 손이 북쪽, 북한을 가리켰다.

"저.쪽.의. 최.고.지.도.자?!"

김 교장이 북한을 뜻하느냐고 확인을 했다.

"예, 할아버님! 아마 미국 정부와 한국 정부, 저쪽 정부가 합의를 한 것 같습니다. 미국 정부와 한국 정부의 고위관계자들이 제게 비밀리에 저쪽 나라에 가줄 것을 부탁했으니까요."

케인이 자신이 지금 가고 있는 비밀 행선지를 밝혔다.

김 교장과 지 PD 등은 케인이 미군들의 경호를 받으며 미군 공기부양상륙정 LCAC를 타고 온 이유를 어렴풋이나마 눈치를 챘다.

케인은 세계적인 천재로서 하바드 의대 부설 연구소에서 의학을 연구하는 닥터 겸 의화학자였다.

방금 밝혔듯 화학과 생리의학 등 두 분야에서 노벨상을 수상할 정도로 엄청난 명의였다.

생명이 위중한 권력자들이 매달릴 수밖에 없었다.

그 와중에도 케인은 채나에게 노벨 생리의학상 수상 소식을 맨 처음 알려주고 싶어서 해죽포에 들렸던 것이고!

"저어 할아버님……."

이때 통통하고 수더분한 얼굴의 삼십 대 여자, 맹순덕이 유치원생인 일중이와 초등학생인 미중이와 함께 조용히 방으로 들어왔다.

"고모!"

일중이와 미중이가 쪼르르 달려와 케인을 쳐다보며 채나에게 달라붙었다.

"요 녀석들 일중이 미중이 엄마! 우리 사촌 큰올케 맹순덕 씨!"

채나가 맹순덕과 일중이 미중이를 소개했다.

채나의 큰아버지 김철수 교수의 외아들인 김용호의 아내와 아이들이었다.

"반갑습니다, 장 박사님! 일중이 엄마예요."

"아, 예에! 장한국입니다."

맹순덕과 케인이 정중하게 인사를 교환했다.

"허허 우리 광산 김가 해죽공파의 종손부일세. 애들 키우랴 종가일 돌보랴 고생이 막심하지."

"애들 아빠가 직업 군인인 관계로 살림이 그리 넉넉지 못하다네."

김 교장이 맹순덕을 구체적으로 소개했고 김 사장이 어두운 얼굴로 덧붙였다.

"아휴― 할아버님 작은아버님은 무슨 그런 말씀을 다하세요?"

"헤헤헤, 걱정 마, 언니! 이제 넉넉해질 거야. 내가 그렇게 만들어줄게. 우리 광산 김가 해죽공파 종손부 쪽이 있지, 씨이!"

맹순덕이 손사래를 쳤고 채나가 주먹을 움켜쥐었다.

"아, 아가씨도 참!"

"오냐! 우리 잘나가는 큰손녀 덕에 큰 걱정 하나 덜었다."

맹순덕이 얼굴을 붉혔고 김 교장이 기특하다는 듯 고개를 주억거렸다.

맹순덕!

약간 촌스러운 이름을 지닌 아줌마.

채나의 오른팔로 훗날 CNA그룹의 회장까지 지내는 엄청난 여자다.

현금을 무려 미화 1경 달러까지 쥐고 흔들어 다이아몬드 부인이라는 별명까지 얻는다.

"장 박사님, 식사 준비됐어요, 할아버님!"

"이런 늙은이 정신 봐라? 이역만리를 날아온 손님을 쫄쫄 굶기고 있는 게야 지금?"

맹순덕이 얼굴에 홍조를 담은 채 말했고 김 교장이 자리에서 벌떡 일어났다.

"어서 나가세, 장 박사!"

"예, 할아버님……."

김 교장이 재촉했고 케인 뭔가 말하려고 입을 달싹였다.

"됐네! 저쪽 지도자가 죽어 가는 것은 내게 그리 중요하지 않네. 우리 손서 배고픈 것이 만 배는 더 중요하지!"

김 교장이 케인이 시간 없다는 뜻을 비추는 것으로 짐작하고 단호하게 말을 잘랐다.

"역쉬, 채나 할아버지야. 거어럼! 밥이 얼마나 중요한데?

일단 먹고 얘기하자 울 신랑!'

채나가 활짝 웃으며 케인의 손을 잡고 일어났다.

"하하하! 할아버님 얼굴빛이 좋지 않으셔서 잠깐 진찰을 해볼까 해서요."

케인이 아무도 생각지 못했던 뜻밖의 말을 꺼냈다.

"……."

동시에 김 교장 등 방안에 있던 모든 사람이 호기심이 가득한 얼굴로 변했다.

"빙고— 미스터 닥터 케인이 세계적으로 유명한 의사셨잖아? 노벨상을 무려 두 분야에서 수상한! 잘됐다. 이참에 울 할아버지 진찰해 봐봐!"

채나가 케인의 마음을 읽고 탄성을 질렀다.

"괘안타! 내일모레 죽을 늙은이를 진찰해서 뭐에 쓰노?"

"쓸데없는 소리 하지 말고 이쪽으로 앉아. 이쪽으로!"

김 교장이 당황하며 좀처럼 쓰지 않던 경상도 사투리를 내뱉었고 채나가 그대로 씹으며 김 교장을 대청마루 한쪽으로 끌고 갔다.

"험험……."

김 교장이 마른기침을 하며 못 이기는 척 주저앉았다.

"내 가방 좀?"

"응! 여기."

채나가 재빨리 아까 케인이 들고 왔던 가방을 갖다 줬다.

케인은 역시 닥터, 의사가 분명했다.

가방에는 주사기와 혈압측정기, 청진기 등 의료기기가 가득 담겨 있었다.

케인이 가방에서 주사기를 꺼내 간단히 채혈을 했고.

김 교장의 혈압과 맥박을 체크한 후 청진기를 귀에 꽂았다.

"울 신랑이 닥터는 닥터네! 청진기를 귀에 꽂으니까 딱 자세가 나오는데, 헤헤헤!"

채나가 흐뭇한 표정으로 지켜봤다.

"혈압도 정상이고 맥박도 좋습니다. 심장은 젊은 사람 못지않게 튼튼하시고요."

잠시 후 케인이 청진기를 벗었다.

"허허허, 그런가?"

"할아버님 혈액은 제가 미국으로 가지고 가서 몇 가지 검사를 한 뒤 이곳으로 결과를 보내드리겠습니다."

"허어! 뭐 그렇게까지… 아무튼 고맙구먼."

"지금 할아버님 몸 상태라면 이 갑자는 거뜬하실 것 같습니다. 하하하!"

케인이 명확하게 진찰 결과를 말했다.

"이, 이 갑자?! 이 사람 장 박사 그렇게 안 봤는데 풍이 아주 세네 그려! 내가 무슨 동방삭인가? 백이십까지 살다니, 어허허허!"

김 교장이 싫지 않은 표정으로 너털웃음을 터뜨렸다.

'이제 채나 할아버님은 진짜 백 세를 가볍게 넘기실 것이다. 노벨상을 두 개씩이나 받은 세계 최고의 명의가 세심하게 진맥과 진찰을 한 뒤 백이십 세까지 사실 거라고 단언했으니!'

연필신이 부러운 표정으로 케인에게 진찰을 받는 김 교장을 지켜봤다.

'치이! 우리 필심이도 이 자리에 있었으면 좋았을 텐데.'

더불어 쌍둥이 동생 골골이 연필심을 떠올렸다.

건강하게 오래 살고자 하는 것은 인간의 본능이다.

아무리 개망나니 짓을 하는 사람도 병원에서 의사가 진찰을 한 뒤 소견을 말하면 어느 정도는 듣는다.

그만큼 인간의 생명을 다루는 의사의 말은 권위가 대단하다.

하물며 노벨상을 수상한 세계적인 명의의 말이라면?

일주일 뒤에 죽는다고 말하면 정말 죽는다.

공포에 질린 채 아무것도 못 먹고 빼빼 말라서!

"아버님 다음은 내 차례일세!"

"네! 작은아버님."

김 사장이 점잖게 케인 앞으로 다가와 앉았다.

"우헤헤헤헤헤! 울 술꾼 아빠도 오래 살고 싶긴 싶은가 보다!"

"괜히 아파서 너희들 속 썩일까 봐 그러는 게다, 이놈아!"

채나가 예리하게 김 사장의 가슴을 찔렀고 김 사장이 급히 변명을 했다.

"술 안 끊으면 내일 당장 죽는다고 말씀 좀 해주세요, 장 박사님!"

김 사장의 부인인 황 여사가 눈을 흘기며 한마디 했다.

"지금처럼 계속 술을 드시면 내일 아침에 돌아가십니다. 댁에 가셔서 준비하시죠!"

케인이 개구쟁이 미소를 띠며 황 여사가 시키는 대로 김 사장에게 사형을 선고했다.

"오호호호! 헤헤헤!"

황 여사와 채나 등이 폭소를 터뜨렸다.

이렇게, 느닷없이 김 교장이 거처하는 해죽채의 대청마루는 진료실로 변했다.

그렇게, 또 케인은 갔고!

미군 공기부양상륙정을 타고 그야말로 한밤중에 해죽포에 상륙한 케인은 두 가지 엄청난 소식을 전하고 채나 할아버지부터 작은아버지 등 식구들을 모두 찬찬히 진찰해 준 후 KBC 〈KK팝〉 팀이 도착하기 십 분 전에 떠났다.

희한하게도 이번에는 울보 채나가 눈물 한 방울 흘리지 않았다.

케인이 아무도 모르게 채나에게 귓속말로 건네준 추석 선물.

그 선물이 채나의 무시무시한 울음보를 틀어막았기 때문이다.

선물은 가칭 〈채나 3호〉, 미국 보잉사에서 제작한 자가용 비행기였다.

한화로 800억 원쯤 하는!

*　　　*　　　*

첨벙!

<u>으츠츠츠……</u>.

웃통을 벗어 제친 〈스타의 고향〉 팀장인 지일사 PD와 구자일 촬영 감독이 바다에 뛰어들어 마구 물을 끼얹었었다."

"어푸푸— 시원하다!"

"여기 남해 바닷물은 아직 따뜻한데요. 이왕 물에 들어온 거 저기 섬까지 한 바퀴 돌고 올까요? 형님!"

"그만 나가자, 구 감독! 넌 해병대 출신 물개지만 난 육군 출신 똥개야."

"호호호!"

물안개가 자욱한 이른 아침.

바닷물로 샤워를 한 지 PD와 구 감독이 예쁜 몽돌들이 깔려 있는 해변으로 나왔다.

"여기 수건요, 팀장님!"

"고맙다, 준아."

"땡큐!"

지 PD 조수인 김 PD가 두 사람에게 수건을 내밀었다.

"이 웬수 KBC 아저씨들 덕분에 별짓을 다해 보네."

"글쎄 말입니다. 여름도 한참 지난 지금 식전 댓바람에 바다에서 목욕을 다하고 참!"

지 PD와 구 감독이 수건으로 서로 몸을 닦아주며 투덜거렸다.

"큭큭, 팀장님도 참! 그냥 김 교장님 댁에서 샤워를 하시면 되죠?"

김 PD가 웃으면서 입을 열었다.

"야, 김PD! 우리가 무슨 빈집털이냐 주인도 없는 집에서 무슨 샤워를 해? 할아버님까지 몽땅 새벽에 나가셨다며?"

"예! 아까 5시쯤 KBC 버스가 와서 스노우까지 모조리 실어갔어요."

지 PD가 확인을 했고, 김 PD가 대답했다.

〈스타의 고향〉 팀은 김 교장이 완강하게 붙잡는 바람에 어젯밤 남해읍내로 가지 않고 해죽채에서 묵었다.

새벽에 KBC 버스가 와서 김 교장 댁 강아지와 고양이까지 모조리 실어갔고.

덕분에 방송사 PD로서는 보기 드물게 얼굴이 얇은 지 PD는 스태프들을 데리고 빈집이 된 김 교장 댁을 허겁지겁 나왔다.

그리고 해병대 물개를 따라 바닷물 샤워를 하면서 채 깨지 않은 술기운을 말끔히 날려 버렸다.

"자식들! 채나 씨한테 잘 보이려고 식구들을 몽땅 녹화장으로 모시고 갔구만."

"시골에서 쭉 사신 분들인데 언제 방송국 구경을 해보셨겠어요? 이참에 돈 한 푼 안 들이고 생색내는 거죠, 뭐!"

김 PD가 부루퉁한 얼굴로 말을 받았다.

"근데 걔들은 웬 녹화를 그렇게 많이 뜨냐? 어젠가 녹화 했다고 하지 않았어? 채나 씨?"

지 PD가 자신들에게 말 한마디 없이 김 교장 댁 식구들을 데려간 KBC직원들이 얄미운지 해변을 걸어가며 계속해서 툴툴댔다.

평소에도 민영방송사인 DBS 직원들과 공영방송사인 KBC 직원들은 앙숙이었다.

KBC 직원들은 공영방송사에 근무한다는 자부심 때문인지 똑같이 수백 대 일, 수천 대 일의 방송고시를 뚫고 들어간 DBS 직원들을 은근히 마이너 취급을 했다.

물론 DBS 직원들도 같이 깠고!

"소문대로 〈KK팝〉은 채나 씨 개인 프로가 맞네요. 모든 일정을 채나 씨에게 맞출 정도니 원! 채나 씨가 오늘처럼 남해에 내려오면 진주 총국을, 김천에 있으면 대구 총국을 동원해서 녹화를 하잖아요?"

"흐흣! 채나 씨 〈우스타〉 때문에 LA에 갔을 땐 LA 올림픽 홀에서 녹화 떴잖아? KBC 미주총국에 총동원령을 내리고!"

"명분도 깔 나요! 지역주민의 문화발전과 해외교포 위문 큭큭……."

김 PD와 구 감독이 질투에서 나오는 조소를 날렸다.

"아무튼 부럽다. 〈KK팝〉 심사위원들까지 모조리 선정했다는 채나 씨의 그 센 파워!"

지 PD가 진짜 부러운 듯 입맛을 다셨다.

"그리고 오늘 찍는 건 '추석특집'이고 엊그제 찍은 건 '패자부활전'일 겁니다. 팀장님!"

"추석특집에 패자부활전? 놀구 있네! 무슨 음악 오디션프로가 축구야, 농구야? 아님 드라마야? 시청률이 하늘로 치솟으니까 별 괴상한 명분으로 늘리기를 하네."

김 PD의 설명에 지 PD가 코웃음을 쳤다.

"전국 시청률 50%을 기본으로 찍는 답니다. 당연히 우리 방송사 전가의 보도를 휘둘러야죠. 엿가락 늘리기, 풍선 부풀리기 등등!"

"기본 50%?! 아호, 괜히 빡치네! 우리 다큐 쪽은 목숨 걸고 찍어도 겨우 10%를 넘길까 말까 하는데."

쪼르륵!

지 PD의 배꼽시계가 아침을 알렸다.

"정말? 우리 밥은 어떻게 해결하냐, 김 PD?"

"일단 읍내로 나가죠. 그쪽에 괜찮은 밥집이 많더라구요."

김 PD가 지체없이 대답했고.

"팀장님! 빨랑 오세요. 식당 예약해 놨어요!"

송인혜 작가가 지 PD의 말을 엿들기라도 한 듯 해변 저편에서 걸어오며 소리쳤다.

"OK!"

잠시 후 지 PD 등이 해변도로에 주차되어 있는 자동차에 올랐다.

부우우웅!

DBS 로고가 붙은 12인승 승합차와 승용차 한 대가 아름답게 이어진 남해의 해변을 힘차게 달려갔다.

　[어젯밤 급거 귀국한 장한국 박사는 스웨덴으로 가는 도
중……. 화학과 생리의학 등 두 분야에서 노벨상을 수상한 사
람은 세계 최초로써…….]

　TV에서 남자 아나운서와 여자 아나운서가 홍분된 어조로
침을 튀겼다.

　"가천 다랭이 마을부터 내동천 삼베마을로 돌아서, 지족리
죽방렴을 찍고 금산까지 올라가려면 빡세게 움직여야 돼."
　"예, 팀장님!"
　지 PD가 묵직하게 입을 열었고 김 PD 등 〈스타의 고향〉
스태프들이 수첩을 든 채 메모를 했다.
　"회의 끝! 그만 밥 먹자."
　지 PD 등 〈스타의 고향〉 팀 스태프들이 남해읍내 시외버
스 터미널 옆의 '향나무해장국집'에 둘러 앉아 아침 식사를
겸한 업무회의를 했다.
　채나가 남해읍내에 도착해 왠지 양이 적을 것 같아서 들어
가지 않았던 그 음식점이었다.
　"에이! 주인공 없이 찍으려니까 영 개심심하네. 채나 씨가

같이 다니면서 안내해 주는 척이라도 하면 분위기가 확 살 텐데."

지 PD가 숟가락을 놓으며 인상을 찌푸렸다.

"내레이터인 필신 씨라도 있던가 말이죠?"

"으흐흐, 필신 씨 없는 게 더 아쉽지!"

김 PD와 구 감독이 묘한 웃음을 지으며 맞장구를 쳤고, 지 PD가 눈을 부라렸다.

"야! 구 감독, 김 PD! 니들 이 늙은 형 장가 한번 가보겠다는데 자꾸 초칠래?"

"초 치는 게 아니라 필신 씨는 좀 무리가 있어 보여서 그래요. 팀장님!"

김 PD가 진진하게 말을 꺼냈다.

"뭐야? 그럼 니들도 내가 필신이하고 안 맞다고 생각하냐? 레알? 나이가 많아서?"

지 PD도 농담모드를 진지 모드로 바꾸었다.

"나이도 나이지만 필신 씨가 워낙 잘나가잖아요? 대한민국 연예계를 이끌고 나갈 여성 사인방에 우리나라 탑 텐에 드는 인기 연예인 중 한 명이에요!"

"적어도 앞으로 오 년에서 십 년은 엄청난 인기와 함께 떼돈을 벌 텐데 뭐가 아쉬워서 월급쟁이와 결혼하겠습니까?"

"몰라, 구 감독? 필신이가 이렇게 크는데 나도 한몫했어."

"압니다. 근데 연예인들 눈 높은 건 형님이 더 잘 아시잖습니까?"

"이 싸람들이? 필신이는 보통 연예들하고 많이 틀려. 사람을 돈이나 지위로 평가하지 않는다구!"

지 PD가 끝까지 반항했다.

"맞죠! 보통 연예인이 아니죠. 채나 씨나 박지은 씨하고 어울리면서 스펙 좋은 남자들을 많이 만나 봤을 거예요."

"채나 씨 신랑인 장 박사님 친구들 말입니다. 하버드 의대를 졸업한 닥터들!"

김 PD와 구 감독이 지 PD의 짝사랑이 끝나는 멘트를 날렸다.

"쓰발! 하버드 의대에서 기가 죽네."

지 PD가 더 이상 버티지 못하고 손을 들었다.

"또 채나 씨가 창안한 공식도 문제죠. 구로동 꺽다리 아줌마+ 달광 아저씨=똥광 PD."

"피타고라스 정리에 버금가는 미친 공식이야!"

"하하핫! 까르르!"

지 PD가 자해에 가까운 조크를 던지자 송인혜 작가 등이 뒤집어졌다.

[이번 장한국 박사의 쾌거는 우리 인류 역사상 가장 위대한

업적으로써…….]

그때, 구 감독이 눈을 껌뻑이며 열심히 케인의 뉴스를 전하는 TV를 쳐다봤다.

"형님! 저거 어젯밤에 우리가 찍은 화면 아닙니까?"

"우리가 찍은 화면?"

지 PD가 눈을 부릅뜨며 식당 저편에 놓여 있는 텔레비전을 돌아다봤다.

정말 그랬다.

TV에서 긴급뉴스로 보도하면서 내보내는 화면은 케인이 LCAC에서 내리는 모습부터 김 교장 댁으로 들어가는 장면이었다.

바로 구 감독과 지 PD가 촬영한 그 화면들이었다.

구 감독과 지 PD는 같이 '곤충들의 침략'이라는 다큐를 찍으면서 장수말벌에 쏘여 나란히 병원에 입원했던 일도 있었다.

그만큼 가까워서 구 감독은 지 PD에게 팀장이나 PD 대신 형님이라는 호칭을 썼다.

"지, 진짜잖아? 저거 MBS지?!"

"예, 분명합니다. 팀장님!"

지 PD가 물었고 김 PD가 대답했다.

"저런 싸가지 없는 새끼들 보소! 나가 양키들헌티 총까지 맞을 뻔하면서 찍은 건디 시방 내 허락도 없이 전국에 돌려 부러??"

구 감독이 입에서 호남 사투리가 튀어나왔다.

열 받았을 때 나오는 버릇이었다.

"아줌씨! 그 테레비 KBC 좀 틀어보쇼 잉?"

구 감독이 TV 앞에 앉아 있는 식당 아줌마에게 묵직하게 소리쳤다.

"KBC얘?"

"예에!"

식당 아줌마는 경쾌한 경상도 사투리로 대답했다.

[세계적인 천재로서 십 대에 하버드의대를 졸업한 장한국 박사는……]

KBC에서도 구 감독이 촬영한 화면이 그대로 방영되고 있었다.

"와따매 돌아버리겠구마이? KBC에서도 내가 찍은 그림을 내보내네이?"

구 감독이 연신 호남사투리를 쓰며 씩씩댔다.

"우리 회사에서 장사했다. 저 그림들 비싼 값으로 팔아먹었어."

"회, 회사에서 팔아먹어요? 그럼 이거 어떻게 되는 겁니까, 형님?"

"홋홋홋! 구 감독한테 수당을 주겠지. 높은 분들이 금일봉도 쏘실 테구!"

"캬하― 간만에 잭팟 한 번 터뜨렸구만이라!"

짝!

구 감독과 지 PD가 하이파이브를 했다.

"우리 교주님 서방님은 우째 저리 톡톡허드나? 노벨상을 두 개씩이나 받아쌌고!"

"다 교주님이 영험한 덕 아니겠나?"

"아무튼 교주님은 좋것데이. 올 만에 죽고 못 사는 서방님을 안 만났나?"

"뭐라카노? 개우 두 시간도 못 돼서 떠나셨다 안 카나? 교주님 맴만 더 아프제!"

"글네! 참말로 울 교주님 불쌍타! 저 때가 인생에서 가장 좋을 땐데 부부가 이역만리 떨어져 있으니, 우짜노?"

"그라니께네 우리라도 가가 위로를 해드려야 안 쓰겠나? 퍼뜩 준비하라카이!"

"내 맴은 벌써 진주에 가 있다마! 손님들이 가셔야 우찌해보지……."

식당 아줌마와 아저씨가 TV 앞에 앉아 얘기를 하며 지
PD 등의 눈치를 봤다

"외출하시게요?"

지 PD가 미소를 지으며 물었다.

"하모에! 식사들 하시는데 미안해서 우짜지예?"

"죄송합니더! 실은 우리 교주님이 오셔서 퍼뜩 진주로 가
야……."

"교주님요? 어디 교회에 나가시나요?"

"하이구야? 울 교주님 모르시능교? 김 자, 채 자, 나 자 쓰
시는 김채나 교주님요?"

아저씨가 진지하게 지 PD에게 되물었다.

"김.채.나.교.주.님?"

"……!"

김채나 교주님이라는 말에 지 PD 등이 허둥댔다.

아저씨 아줌마가 웃음기라고는 한 점 없이 정색하고 말했
기 때문이다.

"오늘 〈KK팝〉 찍는다고 내려오셨다 안 카는교! 지금쯤이
면 진주공설운동장에 우리 교도들이 버글버글할 끼라예."

아줌마가 이번에는 채나의 모습을 떠올리는 듯 얼굴이 발
갛게 변하며 말을 이었다.

"진주공설운동장? 아니, KBC 진주방송 대공개홀에서 녹화

하는 거 아닙니까?"

"어델요? 택도 읍써요! 기우 삼백 명인캉 들어갈 수 있다는 실내에 우찌 울 교주님을 모신다캅니꺼?"

"공설운동장에 들어갈 수 있는 표 3만 장도 30초 만에 동났다 카든데……."

"미안합니데이. 그릇을 쪼매 먼저 치우겠심데이."

"아네네네!"

아줌마와 아저씨가 더 이상 기다리지 못하겠다는 듯 후다닥 그릇을 치웠다.

'후우— 채나 씨를 완전 신으로 알아? 이 정도니 채나민국이니 김채나공화국이니 하는 말들이 나오지!'

지 PD가 고개를 흔들었다.

식당 아줌마와 아저씨가 채나를 신격화 하는 말투에 현기증이 났기 때문이다.

"뭐냐, 김 PD? 채나 씨가 KBC 진주총국 스튜디오에서 녹화한다고 안 했어?"

"큭큭! 채나 씨가 진주 총국까지 기억한 것만도 대단하네요. 나 같으면 스케줄 따윈 잊어버리고 살 텐데 말이죠."

"말 된다. 스태프들이 우루루 쫓아와 가족들까지 몽땅 모셔가는 판인데 귀찮게?"

실제로 그랬다.

한때 우리나라를 휩쓸었던 유명한 가수는 리즈시절 담당 PD들이 집에 와서 먹고 자고 방송사로 같이 출퇴근을 했고 한다.

채나 정도의 스타가 되면 스케줄을 기억할 필요도 이유도 없다.

방송사든 영화사든 알아서 모신다.

"좋아! 그럼 우리도 출발하자."

"가천 마을부터 가면 되죠? 팀장님!"

"아니, 진주공설운동장으로 간다!"

김 PD의 질문에 지 PD가 엉뚱한 대답을 했다.

"좋은 기회야. 기본 시청률 50%를 때리는 프로가 어떤지 제작현장 좀 견학하자."

"……!"

"채나 씨가 〈KK팝〉에 출연하는 장면을 〈스타의 고향. 남해의 딸 김채나〉에 10분쯤 양념으로 끼워 넣을 겸!"

"아주 굳 아이디어입니다 형님!"

순식간에 스케줄이 바뀌었다.

DBS 〈스타의 고향〉 팀이 가천 다랭이 마을에서 KBC 〈KK팝〉 팀이 녹화를 하는 전주공설운동장으로 씩씩하게 기수를 돌렸다.

그런데?

평소, 남해읍에서 진주 시외버스터미널까지는 버스로 1시간 30분이면 충분했다.

지금 지 PD 일행은 남해에서 진주공설운동장까지 무려 6시간 가까이 걸렸다.

출발하면서부터 개미 걸음을 하다가 끝내 서진주 IC에서 진주공설운동장까지 고작 2.2㎞ 구간에서 장장 4시간을 잡아먹었다.

그것도 허영 FD와 백소정 막내 작가를 자동차에 남겨둔 채 지 PD 등 네 사람이 카메라 한 대만 달랑 메고 뚜벅이를 이용한 결과였다.

대한민국의 모든 차와 인간들이 진주로 모여드는 것 같았다.

하도 오랫동안 차에 갇혀 있어서 지 PD의 입에서 휘발유가 쏟아져 나올 뻔했다.

지 PD는 이 개미지옥 속에 빠진 이유를 남해읍에서 출발한 지 30분 만에야 어떤 운전기사에게 전해 들을 수 있었다.

추석 연휴에 진주 남강유등축제와 KBC 인기 음악 오디션 프로인 〈KK팝〉 진주시 녹화까지 한꺼번에 겹쳐서 그렇다고!

KBC 버스가 왜 이른 새벽에 와서 채나를 비롯한 식구들을 녹화장으로 데려갔는지 그 이유도 확실히 알았다.

한데, 지금까지 개미지옥은 전편이었다.

후편이 또 있었다.

"어이구, 겁난다, 겁나! 〈KK팝〉 인기가 이 정도일 줄이 야?"

"큭큭! 잘못하면 기본 시청률 90%를 찍겠네요."

"우리 생각이 아주 짧았습니다. 채나 씨에 빅마마에 준사 마, 원일, 한미래까지 내려왔으니 팬들이 이렇게 몰려올 만합 니다."

구 감독 판단이 맞았다.

지 PD는 주로 시사 교양 쪽 프로를 제작했기에 연예인들의 파워를 잘 몰랐다.

채나나 박지은, 준사마 등이 어느 정도 인기가 있는지 체감 하지 못했다.

서진주 IC부터 진주공설운동장 정문으로 향하는 길은 송 곳이 아니라 바늘 하나 서 있기에도 버거울 만큼 자동차와 사 람들로 붐볐다.

도끼를 마음대로 휘두른 그 여자!
그 이름은 김채나 성난 김채나!
착하고 아름다운 비너스 아가씨야!
목소리는 죽이는 돼지 아가씨야!

완전무장을 한 전경대원들이 인간 성벽처럼 에워싸고 있는 진주공설운동장 안에서 '채나송'을 부르는 관중들의 목소리가 운동장을 터져 나와 남강 변을 벗어나 진주성까지 뒤흔들었다.

푸후!

지 PD가 모자를 벗어 땀을 훔치며 한숨을 길게 쉬었다.

저 멀리 사람들 사이로 진주공설운동장 정문이 겨우 보였다.

"채나송이 들리는 거 보니까 이곳에서 〈KK팝〉 녹화를 하기는 하는 모양이네."

"흐흐! 우리나라와 독일의 월드컵 사강전이 열린 상암경기장은 저리 가라네요."

구 감독이 고개를 절레절레 저으며 반사적으로 카메라 스위치를 ON으로 돌리고 어깨에 멨다.

"근데 팀장님! 저거 그린 카펫인가요? 유명 영화제에서 스타들이 밟고 지나가는 레드카펫을 벤치마킹한……."

김 PD가 인파들 사이로 운동장 정문까지 길게 이어진 초록색 카펫을 가리켰다.

"〈KK팝〉 오디션에 출전하는 멘티들이 밟고 들어가는 모양이다! 미래의 스타라구."

"역시 모양을 중시하는 김탈린답네요, 하하하!"

"재밌다. 좋은 아이디어야. 오디션 프로와 잘 어울려."

구 감독이 그린 카펫을 찬찬히 촬영했다.

김탈린은 〈KK팝〉을 책임진 김기영 CP의 별명이었다.

프로그램을 제작할 때 하나부터 열까지 철저하게 감독 하고 조금이라도 실수를 하면 난리를 쳐서 KBC직원들이 소련의 독재자 스탈린을 비유해 붙여줬다.

"김 PD! 김탈린 번호 좀 찍어 봐. 대장한테 보고는 하고 촬영을 시작해야지!"

"여기 팀장님!"

—이 자식 뭐야? 정신없어 죽겠는데 왜 이런 놈을 바꿔?

—죄, 죄송합니다. DBS PD라고 뻥 쳐서…….

—아침엔 KBC 사장이라고 표 없냐고 전화 왔더라.

—아하하하!

"……!"

지 PD가 기가 막힌 표정으로 채 끊어지지 않아 목소리가 새어 나오는 휴대폰을 쳐다봤다.

"왜 그러시죠? 팀장님!"

"우릴 모른댄다. 무슨 야바위꾼 취급해!"

지 PD가 당황했다.

진주공설운동장에 도착해 DBS PD라는 신분을 밝히면 KBC에서 당연히 입장을 허락해 주고 스태프 중 한 명이 나와 친절까지는 몰라도 대충 안내는 해줄 줄 알았다.

해서 CP인 김기영 PD에게 눈인사라도 하고 들어가려 했던 것이다.

근데 인사를 하기도 전에 전화를 끊었다.

"이거 큰일인데요! 정문에서 경찰들이 신분증하고 입장권 검사를 철저하게 해요. 대통령도 입장권이 없으면 출입불가랍니다."

DBS 로고가 붙은 ENG카메라를 멘 채 정문으로 들어가려던 구 감독이 시뻘건 얼굴로 되돌아오며 씩씩댔다.

뜻밖에 난제였다.

지 PD는 지금까지 대한 방송사 PD 신분증이 통하지 않는 곳을 본 적이 없었다.

군부대나 경찰서까지도 자유롭게 왕래할 수 있었다.

한데, 고작 예능프로를 촬영하는 장소에서 그것도 이웃사촌인 KBC 스태프들이 문전박대를 했다.

자동차 산을 넘고 인간 바다를 건너 천신만고 끝에 도착했거늘!

"뭐 저런 새끼들이 다 있지? 동업자끼리 뭐하자는 수작이야. 씨발!"

사람 좋은 지 PD의 입에서 욕설이 튀어나왔다.

"어, 어떻게 하죠? 팀장님! 이러다가 녹화 다 끝나겠어요."

"김 PD하고 송 작가는 〈KK팝〉 관계자들에게 연락해. 필신이든 채나 씨든 누구든 통화해서 김 탈린을 다시 불러내!"

"예! 팀장님."

"난 본사의 윗분들께 선을 넣을 테니까."

지 PD가 전화통을 붙들고 두 시간을 또 죽였다.

지 PD 일행은 오후 6시가 넘어서야 겨우 진주공설운동장 정문을 통과할 수 있었다.

이미 8명의 멘토가 오디션 무대를 마친 뒤였다.

김기영 CP는 〈우스타〉의 백 부장과 달리 절대 제작현장을 외부에 공개하지 않았다.

그나마 지금에라도 녹화장에 입장할 수 있었던 것은 연필신을 통해서 채나가 직접 김기영 CP에게 부탁한 덕분이었다.

"……!"

운동장 정문을 간신히 통과해 관중들로 꽉 메워진 그라운드 석을 지나가던 지 PD 일행이 움찔했다.

수만 관중이 마치 약속이나 한 듯한 곳을 직시하고 있었기 때문이다.

지 PD 등이 반사적으로 고개를 돌려 관중들의 시선이 끝나는 곳을 쳐다봤다.

운동장의 본부석을 개조해 만든 특설무대 위였다.

탕! 탕탕!

등록상표인 야구 모자를 거꾸로 쓴 채나가 기타를 든 채 튜닝을 하고 있었다.

박지은이 긴장된 표정으로 마이크 앞에 서서 채나를 바라봤다.

긴장할 만도 했다.

박지은은 연기에서는 신이었지만 노래 쪽에서는 여전히 초보였다.

채나가 미소를 띠며 박지은을 힐끗 본 후 가볍게 한 손을 들었다.

연주할 준비가 됐다는 신호였다.

"전국의 〈KK팝〉 시청자 여러분께 우리 〈KK팝〉 멘토들이 추석선물로 보내 드리는 두 번째 슈퍼 스페셜 무대!"

"빅마마 박지은이 노래를 부르고 김채나가 기타를 연주합니다."

〈KK팝〉의 메인 MC인 손규환과 연필신이 경쾌하게 멘트를 했다.

"와아아아! 까아아약!"

관중들이 자지러졌다.

"들으실 곡목은—"

"빌보드 차트를 정복한 그 유명한 노래 '디어 마이 프랜드' 입니다."

손규환과 연필신이 오랫동안 호흡을 맞춰온 듯 매끄럽게 멘트를 끝냈다.

땅! 땅땅땅!

"존경합니다, 교주님!"

"사랑해요, 채나 언니!"

관중들의 광적인 환호성과 함께 채나의 기타가 출발했다.

"아, 아니, 저 무대는 뭐냐? 〈KK팝〉이 아마추어 오디션프로가 아니라 스타들이 공연하는 프로였어?"

지 PD의 눈이 커졌다.

"방금 사회자가 말했잖습니까? 시청자들에게 드리는 선물이라고!"

"이렇다니까! 인기 있는 프로는 뭔가 다 이유가 있어. 헤에? 저 〈KK팝〉 심사위원들이 스페셜 무대를 꾸미는 거야? 저 비싼 몸값의 거물들이!"

〈KK팝〉에서만 볼 수 있는 독특한 무대.

채나는 〈KK팝〉 첫 회 녹화가 끝난 뒤부터 멘티들이 펼치는 오디션 무대와는 별도로 최영필이나 원일, 한미래 등과 어울려 관중들에게 짧은 무대를 선사했다.

가수로서 연예인으로서 팬들의 성원에 보답하는 의미였다.

재주의 사회 환원, 일종의 재능기부였다.

〈KK팝〉이 기본 시청률 50%를 상회하는 결정적인 이유였고!

"근데 채나 씨가 기타리스트였나요? 포스가 장난이 아닌데요, 팀장님!"

"채나 씨가 자기 프로라고 재주를 몽땅 쏟아붓는 모양이다. 구 감독!"

"벌써 무대로 올라갔습니다."

촤르르륵!

어느새 구 감독이 특설무대 위로 올라가 DBS로고가 선명한 ENG 카메라를 멘 채 채나를 촬영하고 있었다.

김탈린, 김기영 CP가 떫은 표정으로 지켜보고!

7장
전국체육대회

투투투투!

밤 8시경.

진주공설운동장에서 KBC 로고가 선명한 민수용 헬기 한 대가 끝없이 몰려드는 인간 해일을 뚫고 힘차게 날아올랐다.

헬기는 삼십 분이 채 지나지 않아 남해 해죽포의 김 교장 댁 바깥마당에 사뿐히 내려앉았다.

눈이 번쩍 뜨일 만큼 예쁜 숙녀들을 쏟아놓고 지체없이 보름달 속으로 사라져 갔다.

김 교장이 오후 늦게 도착한 손자들인 김용호 준위와 김용주 경감 등과 함께 저녁을 먹고 낮에 구경했던 〈KK팝〉에 대해 한창 얘기꽃을 피울 때 손님들이 들이닥쳤다.

"어허허허허허허허―"

곧 바로 사랑채에서 김 교장의 낭랑한 웃음소리가 울려 퍼졌다.

어제 케인이 왔을 때 반기던 그 웃음소리보다 훨씬 톤이 높았다.

이번에는 김 교장 혼자가 아니라 김 사장, 서 서생 등과 채나의 사촌 오빠들인 김용호와 김용주까지 합쳐진 남성 합창단이 내는 웃음소리였기 때문이다.

김 교장댁 식구들과 일가친척들이 방과 마루를 빽빽이 메우는 것도 부족해 바깥마당까지 길게 늘어서서 손님들을 지켜봤다.

모두 동양제일미인 국민배우 박지은 때문에 벌어진 사단이었다.

막 헬기에서 내린 박지은이 빅마마라는 별명에 걸맞게 조선시대 왕비가 입는 궁중대례복을 걸치고 공손하게 큰절을 했다.

한미래, 금혜원 등과 함께.

"어제는 노벨상을 두 개씩이나 받은 국민박사에게 절을 받더니 오늘은 국민배우에게 절을 받는구나! 내일 당장 죽어도 여한이 없도다. 어허허허허!"

김 교장이 절을 하는 박지은을 흐뭇한 표정으로 바라보며 연신 너털웃음을 터뜨렸다.

김 교장의 입꼬리가 뒤통수에 걸릴 만도 했다.

국민박사 장한국과 국민배우 박지은에게 큰절을 받은 사람은 대한민국에서 김 교장이 유일했으니까!

"이거 불경죄를 범하는 건 아닌지 모르겠습니까, 아버님?"

"최소한 맞절 정도는 하셔야 되는 거 아닌가요? 왕비마마께서 절을 하시는데!"

"헛헛헛헛! 오호호호!"

김 사장과 서 선생이 옆에서 너스레를 떨자 간단히 사랑채가 뒤집혔다.

너스레가 아니라 사실이었다.

아마, 낮에 진주공설운동장 출연진 대기실에서 채나가 김 교장 등에게 박지은을 소개시키지 않았다면 여기 모인 김 교장 댁 식구들은 먼저 박지은에게 절을 했을 것이다.

박지은이 왕비가 입는 궁중대례복을 걸치자 진짜 여왕 같은 카리스마가 풍겼다.

수십 번씩 마마 역할을 하면서 자연스럽게 몸에 밴 아우라 덕분이었다.

촤르르르!

구 감독이 DBS 이니셜이 새겨진 카메라를 들고 KBC 〈스포츠〉 팀이 대청에 앉아 지켜보거나 말거나 씩씩하게 촬영했고…….

그랬다.

박지은과 한미래 등은 진주에서 〈KK팝〉 녹화가 결정됐을 때부터 김 교장 댁에 놀러가기로 약속을 했다.

채나의 집안 어른들에게 인사도 할 겸.

우리나라 팔대 경치 중 하나라는 한려수도도 구경할 겸.

"마마 언니하고 미래… 아까 소개했지 할아버지?"

"오냐 오냐! 낮에 인사들을 했으면 됐지 뭘 또 이렇게 큰절까지 하누?"

채나가 박지은 등을 돌아보며 말했고 김 교장이 환하게 웃으며 고개를 주억거렸다.

"우리 아빠… 아버지께서 교장 선생님을 꼭 찾아뵙고 인사드리라고 하셨어요."

박지은이 예쁘게 미소를 지으며 입을 열었다.

"어허허허, 그래! 내 네 아버지 박효원 원장하고는 오십 년 지기다. 내 형편이 수상해서 근자에는 적조했지만 말이다."

김 교장이 헤벌쭉 웃으며 박효원 박사와의 관계를 밝혔다.

김집 교장과 박효원 박사는 동년배로서 바둑 마니아였다.

교육계 원로들로 구성된 교석회(教石會)에서 여러 해 동안 바둑으로 친목을 다진 사이였고!

"아버님은 무고하시고?"

"하루도 잔소리를 거르시지 않을 만큼 건강하세요. 후우!"

"하기야 쉰이 넘어서 너를 낳으신 양반인데 건강이 좀 좋겠느냐? 어헛헛헛!"

"아후! 할아버님은?"

김 교장이 의미심장한 말을 뱉으며 파안대소를 토했다.

박지은이 살짝 얼굴을 붉혔고.

때맞춰 구 감독의 카메라도 살짝 흔들렸다.

화려한 궁중대례복에 눈부신 황금비녀까지 꽂고 홍조를 띠는 박지은의 모습이 총각인 구 감독의 가슴을 흔들었기 때문이다.

방송사에서 근무하는 전문 카메라맨이 당혹해할 만큼 지금 박지은의 모습은 환상적이었다.

"그만 웃어, 할아버지— 필신이 짜증 나려고 해!"

돌연, 연필신이 빽 소리쳤다.

"어이쿠! 우리 품격 높은 개그우먼께서 왜 삐치셨누?"

"난 선물도 바리바리 싸오고 용돈도 왕창 드렸는데 '오, 필신이 왔구나' 하고 딱 한마디 하셨잖아? 마마 언니는 고작 절한 번 했을 뿐인데 집안이 떠나가구!"

"우씨! 난 더 비참해, 언니! 할아버진 나한테 말 한마디 안

시켜. 마마 언니 옆에 있으니까 내가 사람이 아니라 오징어로 보이시나 봐?'

"어헛헛헛! 핫핫핫핫!"

연필신과 한미래가 입술을 툭 내밀자 사랑채가 다시 웃음바다가 됐다.

예쁜 친구나 잘나가는 동료 옆에 있으면 상대적으로 천하게 보인다는 이론.

소위 상대성 오징어 이론이었다.

아인슈타인의 상대성이론과는 조금 차이가 있었다.

노벨상을 주기에 약간 무리가 있는…….

"어허허허! 미안미안! 내 비록 한쪽 발을 관속에 담근 늙은이지만 사내는 사내인 모양이다. 지은이가 워낙 미인이라서 마음은 점잖게 행동하려 하는데 몸은 자꾸 헤헤거리는구나!"

"그렇다고 미래나 필신이가 예쁘지 않다는 것은 아니니 오해는 하지 마!"

김 교장과 김 사장 등이 다시 능청을 떨었고 웃음소리가 파도를 쳤다.

"호호! 전 아까 늦게 내려와서 인사 못 드렸어요, 할아버지. 채나하고 UCLA 동문이구요 지은이하고는 친구예요."

선한 말투와 해맑은 눈에 전 착순이에요, 라고 쓰여 있는 금혜원 아나운서가 상냥하게 인사를 했다.

"허허허, 그래그래! 우리 금 아나운서는 TV에서 볼 때보다 실물이 훨씬 예쁘구나. 아주 총명해 보여!"

"고마워요, 할아버지! 다음에 제가 꼭 서울 여의도 KBC 본사로 모실게요."

금혜원이 특유의 콧소리가 섞인 귀여운 목소리로 말했다.

"약속하는 뜻에서 뽀뽀!"

쪽! 금혜원이 마치 친할아버지에게 애교를 떨듯 김 교장 볼에 뽀뽀를 했다.

"어허허허허—"

김 교장이 그대로 쓰러졌다.

박지은과 동갑인 금혜원 아나운서는 이런 아가씨였다.

누가 봐도 착하고 지적이고 귀여운!

채나나 연필신처럼 질곡 있는 삶을 살아오지 않았다.

세상 아가씨들이 나도 저렇게 살았으면 하는 그 삶을 그대로 살아 왔다.

유복한 집안에서 사랑을 받고 자라나 힘들지 않게 명문대학에 진학했고 그 어렵다는 메이저 방송사의 아나운서 시험도 딱 한 번에 합격한 아가씨.

아나운서로서는 이례적으로 팬카페가 만들어질 만큼 시청자들의 신뢰를 받는 숙녀.

비록 이영래 사장의 입김에 의해 KBC 9시뉴스의 앵커가 됐지만 그 짧은 시간에 시청자들의 환호를 받을 수 있었던 것은 순전히 금혜원의 능력이었다.

"우리나라 여자 아나운서 중에 가장 미인이라는 혜원이에게 키스세례까지 받았으니 남자로서 도저히 가만히 있을 수가 없구나!"

김 교장이 환하게 웃으며 성큼 몸을 일으켰다.

"아범아! 배 준비됐지?"

"예, 아버님!"

김 교장과 김 사장이 이미 계획한 듯 간단히 말을 주고받았다.

"자아— 모두 편한 옷으로 가라 입고 나오너라. 내 밤바다를 구경시켜 주마."

"후우, 밤바다요?"

"우리 밤낚시 가는 거예요, 할아버지?!"

박지은과 금혜원 등이 호기심이 동한 듯 눈을 반짝였다.

"오냐! 지금 남해는 갈치가 한철이란다. 오랜만에 우리 식구들과 손님들이 함께 어울려 배를 타고 바다에 나가 갈치 낚시를 즐겨보자꾸나! 이 할애비가 가이드 노릇을 확실하게 해 주마. 어허허허!"

"캬하— 울 할아버지 쩐다."

"완전 짱이야!"

김 교장이 밤낚시를 제안하며 방을 나서자 채나와 한미래 등이 탄성을 터뜨렸다.

"짱은 짱인데 예쁜 여자를 너무 밝히는 게 흠이셔!"

연필신의 입은 여전히 튀어나와 있었다.

"맞아! 지금도 혜원 언니가 뽀뽀를 해 드리니까 당장 배 띄우라고 하시는 것 봐?"

"아마 내가 뽀뽀를 해 드렸으면 햇빛이 쨍쨍 뜨는 한낮에 푹푹 빠지는 갯벌에 가서 꼬막이나 잡자고 하셨을 거야. 진흙이 피부에 좋다는 둥 하시면서!"

"어헛헛헛! 핫핫핫핫!"

연필신과 한미래가 이죽대자 김 교장 등이 폭소를 터뜨렸다.

"호호호! 깔깔깔!"

채나 등이 수다를 떨면서 김 교장의 거처인 사랑채를 몰려 나왔다.

사사삭!

채나가 막 사랑채 마루를 지나갈 때 눈처럼 흰 고양이 스노우가 서재 쪽에서 달려왔다.

탈싹! 스노우가 채나 품에 안겼다.

"왜 스노우?"

채나가 스노우의 행동을 보고 뭔가 이상한 듯 선문답을 던 졌고 스노우가 얼굴 핥는 것으로 대답을 대신했다.

적이 나타났으니 주의하라는 신호였다.

뎅— 뎅뎅!

그 순간, 채나의 머릿속에서 거대한 종이 울렸다.

—반역자 섬멸(殲滅)!

—반역자 섬멸!

성능 좋은 헤드폰에서 소리가 터지듯 의미를 알 수 없는 음 성이 채나의 뇌리를 때렸다.

"……!"

동시에 채나가 시체가 썩는 듯한 악취를 맡았고.

'이 냄새… 마기(魔氣)다.'

눈이 실처럼 가늘어졌다.

'왜 할아버지 댁 서재에서 마기가 풍기지?'

번쩍!

채나의 오른손에서 SF 영화에서 나오는 레이저빔 같은 시 뻘건 빛이 쏟아져 나왔다.

눈에서는 새파란 살기가 뿜어져 나왔고!

죽은 사람조차 냄새로서 적군과 아군을 식별할 수 있다는 무공.

영취공(靈臭功)이었다.

인간이 상상할 수 없는 세월 이전부터 존재했던 중국 고대 무술의 조직인 선문.

이 선문의 독문절예인 선도는 크게 열다섯 가지 무공으로 나뉜다.

첫째, 외전제자가 익힐 수 있는 경공(輕功) 등 다섯 가지.

둘째, 직전제자만이 익힐 수 있는 환공 등 다섯 가지.

셋째, 대종사만이 익힐 수 있는 선공(仙功) 등 다섯 가지.

지금 채나가 시전 한 영취공은 이 열 다섯 가지 무공을 모조리 익힌 후에야 펼칠 수 있는 최고급 절예였다.

본인이 의도적으로 시전하는 것이 아니라 적을 만나면 반사적으로 쏟아지는 무공이었다.

영취공이 극한에 이르면 잠복해 있는 적의 용모파기와 위치까지도 환히 알 수 있다.

20세기 최후의 신비인이라는 선문의 97대 대종사인 장룡은 외전과 직전제자가 익힐 수 있는 열 가지 무공을 모조리 연성했다.

하지만, 대종사가 익힐 수 있는 다섯 가지 무공 중에서는 겨우 두 가지 만을 익혔다.

그것도 모두 칠성을 넘기지 못했다.

심지어 선문의 개파조사 조차도 간신히 세 가지를 익혔을 뿐이었다.

그만큼 대종사들만이 익힐 수 있는 무공들은 난해했다.

당연히 역대 선문의 대종사들 중에 영취공을 연성한 자는 단 한 명도 없었다.

대대로 전해 내려오는 이론에 불과한 일종의 카더라 무공이었다.

그 금단의 벽을 채나가 깼고, 그 결과 지금 영취공이 발동됐던 것이다.

─반역자가 있다. 즉시 섬멸하라!

차차착!

채나가 마치 사이보그처럼 기계적인 움직임으로 서재로 향했다.

언젠가 미국 네바다 사막에서 F15이글 전폭기를 타고 한국으로 왔던 미 해군 소장 콜린 화이트 CIA 작전부장이 들어갔다 나왔던 바로 그 서재였다.

열 평이 훨씬 넘을 듯한 넓은 서재는 김 교장이 수십 년 동안 사용한 서재답게 아주 깨끗하게 정리돼 있었다.

'저기다!'

채나가 냄새를 따라 서재의 한쪽 구석으로 다가갔다.

그곳에는, 실망스럽게도 사람이나 귀신이 아닌 먼지가 자욱한 서너 개의 나무 상자가 놓여 있었다.

오랫동안 아무도 손을 대지 않은 듯 다른 서가와 달리 뽀얗게 먼지가 쌓여 있었다.

"……!"

채나가 움찔했다.

먼지로 뒤덮인 나무상자 위에서 희미한 손자국을 발견했다.

손자국!

화이트 부장이 남겨놓은 흔적이었다.

바로, 이것이 영취공의 가공할 위력이었다.

오래전에 화이트 부장이 서재를 방문해 남긴 냄새와 손자국.

보통 사람들의 눈에는 보이지도 맡을 수도 없는 흔적들.

그것을 전자현미경처럼 읽어냈다.

마침내 채나는 〈재미과학자 김철수 박사 일가 피살 사건〉의 꼬리를 잡았다.

'사라졌다. 냄새가… 마기가 사라졌어!'

갑자기 채나의 얼굴이 일그러졌다.

그때, 뒤에서 발자국 소리가 들렸다.

"뭐 보고 싶은 책이라도 생각났어?"

짙은 구릿빛 피부에 짧은 스포츠형 머리와 근육형의 늘씬한 삼십 대 남자.

채나의 큰아빠, 김철수 박사의 외아들로 해군특수전여단에서 특수폭약 교관으로 근무 중인 김용호 준위였다.

채나가 갑자기 걸음을 돌려 서재로 향하자 특수부대원답게 뭔가 이상한 낌새를 채고 뒤따라왔던 것이다.

동생을 걱정하는 오빠 마음이 먼저였고!

"아냐, 오빠! 할아버지 서재를 보고 어릴 때 생각이 나서 들어와 봤어."

채나가 대충 얼버무렸고 순식간에 굳었던 얼굴이 풀리면서 특유의 미소년 같은 모습으로 되돌아 왔다.

"이 서가에 빽빽이 꽂힌 여러 책이 꽤 신기했거든. 뭔가 신비하기도 했고!"

"흐흣! 나도 어릴 때 이 할아버지 서재를 무척이나 많이 들락거렸다. 별별 책이 다 있어서 내가 가고자 하는 세계로 데려다 줬으니까!"

채나가 책들이 가득 쌓여 있는 서가를 쳐다보며 말하자 김준위 또한 아련한 눈빛으로 서가들을 돌아봤다.

"어후— 할아버지는 아직도 저 상자들을 여기 두셨네?"

김 준위가 예의 화이트 부장의 손자국이 찍혀 있는 상자를 보며 얼굴을 찌푸렸다.

"이게 무슨 상자야?"

"아버지 유품!"

"큰아빠 유품?"

"나 고등학교 때 아버지가 근무하시던 미국 회사에서 보내왔어. 할아버지가 내게 풀어보라고 하셨지만 난 만지기 싫었어. 왠지 겁이 났고……."

"헤에! 큰아빠 유품인데 겁이 났어?"

"그땐 그랬어!"

김용호 준위가 특수부대원답지 않은 수줍은 미소를 지었다.

"그래서 할아버지가 먼지가 잔뜩 쌓여도 건드리시지 않았구나. 오빠가 풀어볼 때까지 그냥 두신 거야."

"할아버지께 태우라고 해야겠다. 이젠 부모님 얼굴조차 기억나지 않는데 유품을 봐서 뭐해?"

채나가 먼지가 쌓여 있는 상자의 사연을 유추했고 김 준위가 결론을 끌어냈다.

"지금 내게는 돌아가신 부모님보다 일중이, 미중이 아내가 훨씬 소중해!"

"역쉬, 울 오빠다! 내가 오빠에게 꼭 부탁하고 싶었던 말이야."

"녀석!"

"알았어! 큰아빠 유품은 내가 처리할게."

최종 결론은 채나가 내렸다.

"그래 주면 더욱 좋고."

"나가자, 오빠!"

"그래!"

채나와 김 준위가 서재를 걸어 나왔다.

"김채나, 고맙다."

"뭐가?"

"네 덕분에 우리 집, 아니, 마을 전체에 드리우고 있던 어두운 그림자가 사라졌어!"

채나가 김 준위에게 물었지만 대답은 서재 앞 기둥 옆에 서 있던 김 경감이 했다.

김 경감 또한 특수수사대에서 근무하는 경찰이었다.

채나의 미심쩍은 행동을 쉽게 넘기지 않고 살짝 쫓아왔던 것이다.

김 준위와 마찬가지로 오빠로서 동생을 걱정하는 마음이 앞섰고!

"용주 말대로다. 난 할아버지와 함께 이 집에서 이십 년을 살아왔어. 그동안 할아버지가 오늘처럼 웃으시는 모습을 뵌 적이 없어!"

"하하하, 맞아! 아마 이십 년 동안 웃으신 웃음을 다 합쳐도 오늘 웃으신 웃음만큼은 안 될 거야."

"어헛허헛! 껄껄껄!"

이때, 바깥마당 저편에서 김 교장이 김 준위와 김 경감의 얘기를 들은 듯 웃음소리를 더욱 높였다.

"앞으로 오빠들도 할아버지처럼 웃고 살아! 집안 걱정은 하지말구. 내가 책임질게!"

"흐흣! 채나교도들 말대로 신통력이 있나 보다."

"진짜야 형! 이 녀석만 보며 웃음이 나오고 힘이 솟아!"

"힘이 솟는 건 솟는 건데……."

채나가 양손으로 김 준위와 김 경감의 허리춤을 꼬집었다.

"아악! 이건 뭐야 채나야?"

"웨, 웬 기동타격대냐?"

"마마 언니 보고 침 흘린 벌이야."

"야야야, 김채나! 그건 정말 내 잘못이 아니다. 남자로서 어쩔 수 없는 본능이야!"

"지은 씨가 헬기에서 내려오는데 천사가 하늘에서 내려오는 줄 알았다니까!"

실은, 채나의 벌은 많이 늦었다.

벌써 김 준위와 김 경감 형제는 마마 빠가 돼 있었으니까.

"닥치시고! 서 경위님께 신고할까, 김 경감님?"

"참아라 채나야. 화선이 알면 바로 죽음이다!"

"그러니까 조심해. 근데 왜 새 언니는 안 내려온 거야?"

"지금 열심히 내려오고 있다. 축의금 횡령범과 아파트 사취범들을 체포하기 위해서!"

"우헤헤헤헤헤헤!"

채나가 '김 경감과 서 경위 결혼식 축의금 횡령사건'을 익히 알고 있는 듯 길게 웃었다.

퉁퉁퉁퉁!

"어허허허허허!"

우윳빛 보름달이 길라잡이가 된 밤바다.

그 밤바다 위로 집어등을 대낮처럼 밝힌 미끈한 낚싯배 한 척이 떠가고 김 교장의 웃음소리가 뱃고동 소리처럼 멀리 퍼졌다.

채나가 모국에 와서 첫 번째로 맞은 명절.

많은 것을 주고 많은 것을 받았다.

*   *   *

—빨리 일어나거라. 어서 도망쳐라!

—빨리 일어나거라. 어서 도망쳐라!

미국 CIA 화이트 작전 부장의 머릿속에서 마치 바위를 뚫는 브레이커 소음 같은 음성이 울려 퍼졌다.

화이트 부장이 머리가 깨질 듯한 고통을 느끼며 어쩔 수 없이 몸을 일으켰다.

하지만 쏟아지는 잠을 이기지 못하고 다시 침대 위로 쓰러졌다.

9.11사태 이후 악의 축으로 찍힌 이라크에서 벌리고 있는 모종의 작전을 지휘하면서

나흘째 철야를 하고 새벽에 들어왔기에 비몽사몽이었다.

화이트 부장이 다시 꿈속으로 빠져들었다.

—빨리 일어나 도망쳐라.
—빨리 일어나 도망쳐라.

또다시 엄청난 소음이 화이트 부장의 머리통을 때렸고, 거우거우 몸을 일으켰다.

덜컹!

그때, 침실 문이 열리며 시뻘겋게 빛나는 칼을 든 장발의 미소년이 들어왔다.

"흑!"

화이트 부장이 마른비명을 삼켰고.

황급히 침대 옆에 있는 서랍을 뒤져 총을 찾았다.

한발 늦었다.

벌써 미소년의 칼이 화이트 부장의 목을 향해 날아왔다.

"끄아아아악!"

화이트 부장이 목을 부여잡고 비명을 질렀다.

"여보! 여보! 왜 그래요, 여보?"

화이트 부장의 아내인 리나 화이트가 화들짝 놀라며 침대
에서 일어나 실내등을 켰다.

"꾸… 꿈이었나?!"

화이트 부장이 온몸을 땀으로 흠뻑 적신 채 멍한 얼굴로 침
대에 걸터앉았다.

"괜찮아요, 당신? 아휴! 그렇게 미친 듯이 일에 매달리니
원……."

"꿈, 꿈이었어??"

리나 화이트가 마른 수건으로 몸을 닦아줬고 화이트 부장
이 고개를 갸우뚱했다.

―어서 도망쳐라! 어서 도망쳐라!

다시 머리통을 깨부술 듯한 두통과 함께 소음이 들렸다.

마경을 익힌 자가 위기 때 스스로에게 보내는 본능적인 암호였다.

"꿈이 아니다. 현실이닷—"

그때서야 화이트 부장이 정신을 차리고 침착성을 되찾았다.

"딱 오 분 줄게, 리나! 당신이 가장 아끼는 물건을 캐리어 하나에 담아."

"⋯⋯!"

리나 화이트가 뭔가 상황을 파악한 듯 한마디 반문도 없이 재빨리 움직였다.

화이트 부장의 아내인 리나 화이트 또한 CIA에서 알아주는 베테랑 요원이었다.

캐리어는 여행용 가방을 말했다.

화이트 부장이 콜트 45구경 자동권총을 허리에 차고 링컨 자동차에 몸을 실은 것은 꼭 십 분 뒤였다.

링컨을 몰고 지하 차고에서 빠져나온 화이트 부장이 덤덤한 얼굴로 십여 년 넘게 살아왔던 이층 목조 주택을 둘러봤다.

차차차착!

즉시 큼직한 플라스틱 통을 든 채 주택 여기저기에 뭔가를 뿌리기 시작했다.

가솔린, 휘발유였다.

재미있게도 휘발유통을 들고 있는 화이크 부장의 손에는 흉측한 킹코브라 문신이 새겨져 있었다.

화르르르!

시뻘건 화마가 목조 주택을 집어삼켰다.

부우웅웅!

화이트 부장이 탄 링컨이 안개 속으로 사라졌다.

미국 버지니아주 랭글리에 있는 고급 주택가.

그곳에 자리 잡은 은행나무 가로수들이 노랗게 물들어가는 어느 가을날의 새벽!

한 저택에서 원인 모를 불이 났다.

하지만, 그 저택의 주인이 남긴 흔적은 불로 태웠다고 해서 물로 씻었다고 해서 지울 수 있는 것이 아니었다.

화이트 부장처럼 마경을 익힌 자는 몸에서 독특한 냄새가 난다.

수박 겉핥기식으로 익혔든 다슬기 속을 빼먹듯 꼼꼼하게 익혔든 마찬가지다.

마경을 익힐 때 체내의 세포가 죽어가면서 풍기는 냄새다.

그 냄새는 선문의 대종사 중에서 영취공을 연성한 자는 언제든 추적할 수 있다.

병아리 목 비트는 것보다 더 간단하게 죽일 수 있었고!

이제 화이트 부장은 쫓는 자에서 쫓기는 자로 신분이 바뀌었다.

외통수는 아니었지만 몇 가지 수가 없는 위기였다.

체크! 장군이었다.

*   *   *

특수법인 한국체육회.

대한민국 아마추어 스포츠의 총괄 단체로 산하에 축구, 야구 등 오십여 개의 가맹단체를 두고 있었다.

특수법인이긴 했지만 국가 예산을 수백 억씩이나 사용하는 매머드 조직으로서 정재계와는 끊으래야 끊을 수 없는 관계였다.

덕분에 한국체육회장은 국제올림픽 조직위원회 IOC 위원을 겸임했는데 최하 재벌 회장이나 장관 국무총리 등을 역임한 거물급 인사가 맡는 것이 관례였다.

국가 의전상 부총리 급 대우를 받는 막강한 자리였다.

체육회장 밑으로는 부회장과 이사 등 임원들이 있었는데 그 면면히 대학총장, 재벌 총수, 올림픽 금메달리스트 등으로 호화롭게 짝이 없었다.

거기에 실무를 총괄하는 책임자로 사무총장과 사무차장이 있었다.

매해 전국체육대회와 전국소년체육대회를 개최하는 이들은 이미 올림픽과 아시안게임 등 세계적인 행사들을 성공리에 치렀기에 국제적으로 그 능력을 인정받았다.

오늘 10월 20일 오후 1시.

11월 초순에 제주도에서 열리는 전국체육대회를 앞두고 이연갑 사무차장과 김종배 체육본부장, 정만욱 경기운영팀장, 박경자 차장 등 체육회 실무 핵심 멤버들이 부랴부랴 소회의실에 모였다.

"이 차장님! 정말 이러실 거예요?"

뭔가 불협화음이 있는 듯 유리창 깨지는 소리가 회의실 밖으로 튀어나왔다.

유일하게 체육회 사무처 직원이 아닌 뚱뚱한 중년 여성.

세계수권대회와 올림픽에서 금메달을 휩쓸었던 한국양궁의 대모로서 현재 한국체육 대학교 경기지도학과 교수 겸 한국 여성스포츠회장과 체육회 이사를 맡고 있는 여명숙 교수였다.

"어이구, 쌍! 아직도 열이 안 식네!"

여 교수는 체육계에서 다혈질의 여장부로 아주 유명했다.

"아니, 이사회에서 만장일치로 결의된 사안을 위에서 한마디 했다고 그래 홱 바꿔요? 그 칼 같은 김 부회장이 얼마나 자존심이 상했겠어요?"

여 교수가 벌겋게 변한 얼굴로 목청을 높였다.

……

이연갑 사무차장을 비롯해 사무처 직원들이 꿀 먹은 벙어리처럼 아무 말도 못했다.

"기가 막혀서! 언제부터 체전 개막식에서 애국가 부르는 가수까지 위에서 낙점을 했대요? 애국가 부르는 가수가 그렇게 중요해?"

여 교수가 갈수록 열이 받는지 얼굴에서 땀이 뚝뚝 떨어졌다.

"아니지! 그렇게 중요하면 더더욱 김 부회장이 해야 되는 거 아냐? 현역 사격 선수에 코치고 대한사격협회 해외담당 이사, 한국체육회 해외지원팀 이사, 우리 한국 여성스포츠회 부회장까지! 이 정도 정통성을 갖춘 가수가 대한민국에 또 누가 있나?"

여 교수가 이제 대놓고 반말을 날렸다.

……

여전히 아무도 입을 열지 못했다.

"왜 말이 없어? 이 차장님! 내 말이 틀리면 틀렸다고 분명히 말을 하라고! 그것도 고위층의 지시를 받아야 돼?"

여 교수는 이 차장보다 무려 일곱 살이나 어렸다.

지금 상황이면 칠순이 넘은 여 교수의 시아버지가 와도 반말을 뱉을 것이다.

"백번 지당하신 말씀입니다. 하지만 우리 사무처 입장도 조금 이해를 해주십시오. 여 회장님!"

이 차장이 더 이상 버틸 수 없는지 힘들게 입을 열었다.

체육회 직원들은 여 교수를 꼭 여 회장이라고 불렀다.

이유는 알 수 없었지만.

"흥! 이제야 알겠구만. 왜 우리 김 부회장이 빠지고 한미래가 들어왔는지 이해가 돼. 당신이 그렇게 물러 터지니까 위에서 그러는 거야!"

여 교수가 이 사무차장의 말을 자르며 핏대를 올릴 때 굵직한 음성이 들렸다.

"허허! 여 회장은 나이를 거꾸로 먹나 보오? 목소리가 쩌렁쩌렁 울리는구먼."

양복을 깔끔하게 차려입고 혈색이 좋은 칠십 대 대머리 노인과 반백의 머리에 키가 껑충 큰 오십 대 사내가 회의실에 들어왔다.

한국체육회장 겸 IOC위원이며 남성그룹 회장인 성창경 회장과 박건웅 체육회 사무총장이었다.

한국 아마추어 체육의 총책임자와 실무 총책이었다.

"회장님, 나오셨습니까!"

"안녕하세요, 회장님!"

이 차장 등이 분분히 자리에서 일어나 인사를 했다.

"죄송합니다, 회장님! 열이 받쳐서 저도 모르게 핏대를 올렸네요."

여 교수가 가볍게 고개를 숙였다.

"괜찮소. 여 회장이 흥분할 만도 하오. 한데 김 이사는 아직 안 왔나?"

성 회장이 의자에 앉으며 입을 열었다.

"두 시간 전쯤 인천공항이라는 연락을 받았습니다. 곧 도착할 겁니다. 회장님."

이 차장이 공손하게 대답했다.

"그래! 러시아에서 촬영 중이라고 했지? 거 여러 가지로 고생시키는구먼. 끌끌……."

성 회장이 혀를 찼다.

"원래 능력 없는 대장을 만나면 부하가 고생하죠!"

여 교수가 그대로 쐈다.

"아니, 여 회장님! 무슨 말씀을 그렇게 무례하게 하십니까?"

박 총장이 자리를 박차고 일어났다.

"왜요? 내 말이 틀렸나요? 성 회장님이 우리 체육회 대장인데 대장이 무능력하니까 이사회에서 만장일치로 결의한 일도 뒤집히는 거 아니에요!

"아무리 그래도 그렇지 회장님께 막말을 하시면……."

"미안하외다! 여 회장."

성 회장이 박 총장의 말을 자르며 사과를 했다.

…….

싸늘한 침묵이 소회의실을 감쌌다.

그렇게 길길이 뛰던 여 회장도 입을 닫았다.

내일모레가 팔순인 성 회장이 미안하다는데 더 이상 할 말이 없었기 때문이다.

"솔직히 나도 며칠 전에야 알았소. 하나 지금이라도 알았으니 어떤 대가를 치르더라도 원상 복귀하겠소. 약속하리다. 여 회장!"

"그렇게 믿겠습니다."

성 회장의 약속에 여 교수가 고개를 주억거렸다.

"죄송합니다, 회장님! 보고드리지 않은 제 불찰입니다. 일개 가수의 일이고 해서……."

"큭큭큭!"

박 총장의 말이 채 끝나기도 전에 여 교수가 낄낄댔다.

"박 총장님! 제가 대학에서 일 년 내내 코치다 강의다 뛰면서 받는 연봉이 세금 떼면 사천만 원 조금 넘습니다."

"……."

"근데, 김 부회장, 아니, 가수 김채나는 노래 한 곡을 부르면 일억에서 이억을 받는 답니다. 지난번 신문 기사 보셨나? 무슨 자동차 회사에 얼굴 한번 비춰주고 몇십 억 받는 거!"

"……!"

"그런 슈퍼스타를 일개 가수라고 할 수 있나요? 박 총장님!"

"아, 아 제가 말실수를 했습니다. 저는 김 이사를 무시해서 드린 말씀은 절대 아닙니다."

"알아요! 사실 애국가 부르는 가수 일까지 회장님께 보고드릴 필요는 없겠죠."

"어후! 도대체 명숙이 언니 목소리는 왜 이렇게 큰 거야?"

여 교수의 사나운 뻐꾸기가 계속 울 때 회의실 밖에서 채나의 음성이 들렸다.

"언니! 목소리 좀 줄여. 지하 주차장까지 들린다!"

채나가 공항에서 바로 온 듯 큼직한 여행용 가방 두 개를 밀고 회의실로 들어왔다.

"후… 왔냐?"

여 교수가 손수건으로 땀을 훔치며 반갑게 채나를 맞이했다.

여 교수와 채나는 오래전부터 친분이 있었다.

채나가 미국 대표팀 사격 선수로서 아틀란타 올림픽에 출전했을 때 여 교수는 한국 양궁 대표팀 여자부 감독으로 참가했다.

그때 만나 지금까지 꾸준히 교분을 쌓았던 것이다.

채나가 한국에 와서 사격 선수 겸 코치로 활동을 하면서 연예인으로서도 명성이 하늘을 찌르자 여 교수가 체육회 임원으로 끌어들였다.

성 회장과 사격협회장 등이 삼고초려를 했고!

"허허! 먼 길을 오시느라 고생했소. 김 이사!"

성 회장이 먼저 채나에게 인사를 했다.

"헤헤헤! 죄송해요. 회장님! 비행기가 연착해서 늦었어요."

채나가 특유의 맹한 웃음을 터뜨리며 변명을 했다.

"전혀! 우리가 미안하오. 해외에 나가서 일하는 사람을 오라 가라 하고… 이쪽으로 앉으시오. 김 이사!"

성 회장이 자신의 옆자리를 권했다.

채나가 다소곳이 자리에 앉았다.

이어, 성 회장이 이 차장을 쳐다봤고 이 차장이 채나 눈치를 살피며 우물쭈물했다.

"보아하니 이 차장이 곤란한 모양인데 내 단도직입으로 김 이사에게 말하리다."

"……?"

채나가 의아한 눈초리로 성 회장을 바라봤다.

"다름이 아니라 이번 전국체전 개회식과 폐회식 문제인데, 특히 그 개회식 때 애국가 부르는 가수 말이오? 김 이사!"

"네! 미래가 열심히 연습하더라구요. 애국가도 만만히 보고 연습하지 않으면 삑사리가 나거든요."

"험, 험! 그 가수를 바꿨으면 하오. 김 이사!"

성 회장이 곤란한 듯 헛기침을 했다.

"가수를 바꾸다니? 지금 회장님께서 무슨 말씀을 하시는 거야? 언니!"

채나가 여 교수를 쳐다보며 물었다.

"며칠 전 체육회 산하단체장 연석회의가 있었는데 거기서 단체장들이 들고 일어났다. 전국체전은 우리나라를 대표하는 경기인데 어떻게 한미래가 애국가를 부를 수 있냐고 난리가 아니었어!"

여 교수가 가시가 잔뜩 돋친 대답을 했다.

"웃기네! 그럼 미래가 아니면 어떤 가수가 애국가를 불러야 회장님들 속이 시원하대?"

"김 이사가 불러야 된다오. 꼭!"

"김 이사요? 김 이사가 어떤 가수죠?"

채나가 성 회장의 말을 못 알아들은 듯 되물었다.

"김채나가 불러야 된대."

여 교수가 정확하게 말했다.

"내, 내가?"

"그래! 현역 사격 선수고 체육회 임원인 세계적인 가수 김채나가 바로 옆에 있는데 왜 한미래를 시켜야 하느냐고 벌 떼처럼 항의하더라!"

"아니, 총장님! 나는 해외파고 야당의 거물 인사와 가까워서 윗분이 싫어한다고 안 하셨어요? 그래서 제가 이사회 결정까지 무시하고 미래를 간신히 설득해서 시켰잖아요!"

채나가 박 총장을 쳐다보며 쏘아 붙였다.

"면목 없습니다. 김 이사님! 요로를 통해서 확인해 봤더니 윗분께선 전혀 그런 뜻이 없으시더라구요. 모두 제 불찰이었습니다."

박 총장이 머리를 숙이며 정중히 사과를 했다.

체육계에서 흔히 볼 수 있는 해프닝.

을의 신세로서 눈치를 보며 갑인 정부 쪽에서 돈을 타 쓰다 보니 왕왕 벌어지는 일이었다.

채나는 지금 야당 대통령 후보인 민광주 의원의 선거대책본부 재경위원회 부위원장직을 맡고 있었다.

여기저기서 말이 나오자 전국체전 개폐회식 때 애국가를

부르기로 정해졌던 채나를 부랴부랴 한미래로 교체했다.

곧바로 체육회 산하 단체장들이 벌 떼처럼 들고 일어났고!

조심스럽게 청와대 쪽 의사를 타진하자 청와대에서 되려 채나를 복귀시키라고 난리를 쳤다.

채나를 〈우스타〉에서 낙마시키면서 청와대가 초토화됐던 망령이 여전히 펄펄 뛰고 있었던 것이다.

어쩔 수 없이 체육회에서는 러시아에서 〈불랙엔젤〉 막바지 촬영에 여념이 없는 채나를 급거 귀국시켰다.

정중히 사과를 하고 원위치로 돌려놓고자!

박 총장은 체육회에서 평생 동안 일을 했기에 채나가 어느 정도 파워를 갖고 있는 연예인인지 정확히 인지하지 못했다.

정식으로 등록된 채나 팬클럽 회원이 1억 명이 넘었다는 소식도 전혀 알지 못했고!

"알아서들 하셔!"

채나가 몸을 일으키며 짧게 말했다.

화가 났다는 신호였다.

"야, 김 부회장! 김 이사! 잠깐, 잠깐 내 말 좀 들어봐!"

여 교수가 황급히 채나를 붙잡았다.

채나의 눈에서 살기가 튀었고 여 교수가 흠칫하며 채나의 손을 놨다.

"언니는 체육회에서 살다시피 하면서 대체 뭘 하는 거야?

난 못하니까 목소리 큰 언니가 애국가 불러!"

채나가 귀찮다는 듯 손을 흔들며 돌아섰다.

"야야, 임마! 너도 잘못이 있어. 왜 이사회에서 결정한 것을 함부로 뒤집냐고?"

여 교수가 채나를 쫓아가며 살살 달랬다.

"이 차장이 다 죽어가는 목소리로 러시아까지 전화를 했는데 어쩌라고? 괜히 나 때문에 찍혀서 노인네들 여기저기 불려가 대가리 박는 꼴 보고 싶어? 더러워서 참!"

채나가 접근하면 발포한다는 위험 신호를 보냈다.

여 교수도 이 신호를 익히 알기에 한 발짝 물러섰다.

사실, 채나가 여기까지 참은 것만 해도 신통한 일이었다.

〈우스타〉 낙마 후 인생관을 바꾸었고 정치가의 길을 가고 있었기에 가능했다.

몇 달 전만 같았어도 박 총장의 머리통이 두 번은 깨졌다.

"일단 벌어진 일이니 마무리는 하고 헤어집시다. 김 이사!"

성 회장이 보스답게 묵직하게 채나를 잡았다.

"내 체육회 수장으로서 이번 일에 대하여 진심으로 사과를 하리다. 사과의 뜻으로 내 임기 내에 김 이사와 여 회장 두 분 이름으로 종합사격장과 전천후 양궁장을 지어드리겠소. 이 정도로 내 사과를 받아줬으면 하오!"

성 회장이 거절할 수 없는 조건을 제시했다.

"......!"

여 교수를 비롯해 실내에 있는 모든 사람의 눈이 커졌다.

종합사격장과 전천후 양궁장을 건설하려면 백억 원 이상의 돈이 들어간다.

아무리 성 회장이 재벌총수라 해도 선뜻 내릴 수 있는 결정이 아니었다.

그만큼 김채나라는 이름이 막강했다.

이미 체육계 여기저기서 채나가 차차기 한국체육회장이라는 말이 공공연히 나돌 만큼 무시무시한 파워를 자랑했다.

신기하게도 실무 총책인 박 총장만 몰랐다.

탈싹!

채나가 다시 자리에 앉았다.

"후우우우!"

회의실에 있던 모든 사람이 안도의 한숨을 내쉬었다.

이곳에 모인 체육회 관계자들은 채나의 성품을 누구보다 잘 알았다.

또 도끼를 마음대로 휘두르는 그 여자 그 이름은 김채나라는 채나송을 2절까지 외웠다.

오늘은 다행히도 채나가 도끼나 생선회칼을 휘두르지 않았다.

"이해해 줘서 고맙소. 김 이사! 사격장 부지를 잘 골라 보시오 최대한 빨리 공사를 시작하리다."

성 회장이 미소를 띤 채 치사를 했다.

"고맙습니다. 회장님! 먼저 명숙이 언니, 아니, 여 교수님 양궁장부터 지어주세요. 사격장은 제가 알아서 하겠습니다."

"헛헛! 무슨 말씀인지 알겠소. 내 그리하리다."

"짜식… 칵 깨물어주고 싶다!"

여 교수가 두 주먹을 움켜쥐고 채나가 예뻐 죽겠다는 듯 바르르 떨었다.

"언니! 사실 내가 전야제나 개막식에 참석하지 못하겠다고 한 이유가 있었어. 내 자랑 같아서 말하지 않았는데 그날 미국 영화사하고 계약을 해. 벌써 가계약금으로 1,000만 달러를 받았고!"

"……!"

일순, 감탄과 부러움이 뒤섞인 침묵이 회의실을 감쌌다.

"하아아! 그래서 김 부회장 경기를 모조리 뒤로 밀었구나?"

여 교수가 이제야 이해가 된다는 듯 힘차게 고개를 끄떡였다.

"그게 내가 할 수 있는 최선이야. 어쨌든 체육회 임원인데 바쁘다고 체전에 출전 안 할 수가 없잖아?"

채나는 이번 전국체전에 MBS 스포츠 공갈배 기자가 예견했듯 사격경기 다섯 개 종목에만 출전하기로 했다.

15관왕의 신화는 판타지 소설 작가의 몫으로 남겨놓고!

물론 체전이 끝날 때까지 극비였다.

"김 이사가 이번 체전에 출전 안 하면 우리 체육회는 끝이오. 즉시 문을 닫아야 하오!"

"이렇게 협박하시는 분도 계시구!"

"하하하하!"

채나가 능청을 떨자 회의실 분위가 훈훈하게 바뀌었다.

"협박이 아니오. 내 말이 나온 김에 말하리다. 그 애국가 부르는 가수 문제는 단체장들보다 방송 3사에서 더 난리를 피웠소."

성 회장이 생각하기도 싫다는 듯 양손을 휘휘 내둘렀다.

"어제 주관 방송사인 KBC의 스포츠국장이 정색하고 한마디 합디다. 체전 중계 50년 만에 처음으로 몇 푼 얻어먹는데 그게 그렇게 배가 아프냐고!"

"……."

성 회장의 말이 끝나면서 다시 회의실 분위기가 싸늘하게 변했다.

공영방송인 KBC를 제외한 다른 방송사들이 아침 드라마 평균 시청률에도 못 미치는 전국체전을 중계하겠다고 나선 것은 세계적인 슈퍼스타로 이번 체전에 강력한 15관왕 후보인 채나 때문이었다.

당연히 방송사에서는 어떻게든 채나가 화면에 많이 잡히게 만들어야 했다.

그 판국에 개막식에서 애국가를 부를 예정이던 채나를 한미래로 바꾸다니?

방송사에서 체육회에 가래침을 뱉을 수밖에 없었다.

그정도로 채나와 한미래의 인지도 차이는 보름달과 반딧불이었다.

"정 팀장님! 내 시합을 모조리 앞으로 당겨요."

"예! 이사님."

"이왕 일이 이렇게 된 거 스케줄을 바꿔서 전야제 때 나도 무대에 올라가죠 뭐! 개막식 때 애국가와 축가도 부르고요."

"아후후후! 고맙습니다, 김 이사님! 즉시 스케줄을 조정하겠습니다."

정 팀장이 허리를 구십 도로 접어 폴더 인사를 했다.

짝짝짝… 삑삑삑!

회의실에 있던 체육회 임원들이 일제히 박수를 치며 환호를 했다.

"부라보! 역시 보스 김채나다."

여 교수가 활짝 웃으며 두 주먹을 마구 흔들었다.

"그, 근데 미국 영화사랑 계약은 어찌 되냐. 채나야?

여 교수가 은근히 걱정이 되는지 말까지 더듬으며 물어봤
다.

"삼사 일은 딜레이가 돼. 더 이상은 콩!"

"에구구! 천만다행이다. 돈이 얼마짜린데? 중소기업 일 년
치 수출액수야!"

채나가 어깨를 으쓱했고 여 교수가 몸을 부르르 떨었다.

"그나저나 도대체 이번이 몇 번째 애국가를 부르는 거야?"

갑자기 채나가 품속에서 수첩을 꺼냈다.

"화아아! 마흔 아홉 번이나 불렀네? 이번에 부르면 오십 번
째야. 꼭 오십 번째! 진짜 대한민국 애국가 전담 가수가 맞구
만!"

"핫하하하! 호호호!"

채나의 너스레에 성 회장을 비롯한 채육회 직원들이 폭소
를 터뜨렸다.

문득, 채나가 정만욱 경기운영팀장을 바라봤다.

"전야제 때 출연할 연예인들 명단 가지고 계시죠?"

"물론입니다. 여기 있습니다, 이사님!"

전국체전 스케줄을 담당하고 있는 정 팀장이 눈치 빠르게
품속에서 사람 이름들이 빽빽이 적힌 A4용지를 꺼내 채나에
게 건넸다.

"약한데?"

채나가 명단을 살펴보며 얼굴을 찌푸렸다.

이번 전국체전에는 그동안 중단됐던 전야제가 다시 부활됐다.

전야제는 어떤 연예인들이 출연하느냐에 따라 승패가 결정된다.

채나가 일단 관심을 갖고 나선다면 이번 전야제는 전무후무할 만큼 화려하게 바뀔 것이다. 전국체전도 그만큼 성황리에 개최될 것이고!

이 사실을 정 팀장을 비롯해 이 자리에 있는 체육회 임원들은 너무 잘 알았다.

채나는 연예계에서 막강한 권력을 휘두르는 대한민국 초대 문화대통령이었다.

"그분들도 KBC 이창훈 PD가 한 달을 쫓아다녀서 간신히 섭외 했답니다. 예산이 워낙 빡빡해서 대스타들은 만나지도 못했고요."

정 팀장이 쓴웃음을 지었다.

"이창훈 PD가 책임 PD예요?"

"예! 주관방송사가 KBC다 보니 그렇게 결정된 모양입니다."

"KBC가 주관 방송이라구요? 예능본부예요, 보도본부예요?

"전야제도 연예인들이 출연하는 쇼니까 예능본부에서 담당합니다.

"그럼 계 삼촌한테 전화를 하면 되겠구나. 계석희 예능본부장님 좀 연결해 줘요!"

"네! 이사님! 여기!"

정 팀장이 재빨리 휴대폰 번호를 눌러 채나에게 건넸다.

"잠깐 실례하겠습니다. 회장님!"

"허허, 됐소. 여기서 일 보시오, 김 이사. 난 방에 가서 급한 결재 몇 가지 해주고 오리다."

"헤헤헤! 고맙습니다."

채나가 휴대폰을 든채 성 회장에게 양해를 구하고 밖으로 나가려는 찰나 성 회장과 박 총장이 먼저 회의장을 빠져나갔다.

채나의 선 파워를 직접적으로 보여주는 증거였다.

"응, 채나! 지금 막 도착했어. 근데 그 체전 전야제 말이야. 연예인 출연진들 바꿀 수 있지? 이창훈 PD가 누구야? 아니, 거국적인 행사인 체전 전야제 담당을 듣보잡 PD를 시켜? 그럼! 명색이 체육회 이사인데 나도 전야제 때 올라가야지. 오랜만에 김채나사단 단합대회도 할 겸. 헤헤헤헤!"

채나가 성회장과 박 총장이 나가자 두 다리를 테이블에 얹고 벌렁 눕는 특유의 마피아 두목 자세로 통화를 했다.

"정 팀장님! 전화 받아보세요."

"예! 체육회 정만욱입니다. 알겠습니다. 예예 내일 아침 여의도로 가겠습니다!"

정 팀장이 채나에게 건네받은 휴대폰으로 잠깐 통화를 한 뒤 정중하게 끊었고.

"저기, 김 이사님! 전야제 출연진은 이사님께 일임하신다는데요. PD는 김기영 부장님이 맡으신답니다. 계 본부장님도 전야제 리허설에 맞춰 제주도에 내려오시구요."

흥분된 목소리로 보고를 했다.

"알았어요. 정 팀장님이 행정적인 문제는 알아서 하세요. 출연진들은 내가 김 부장님께 직접 통보해 드릴게요."

"예에, 김 이사님!"

다시 정 팀장이 씩씩하게 대답했다.

"저기, 김 부회장! DBS 홍의천 전무님이셔!"

이번에는 여 교수가 채나에게 휴대폰을 건네줬다.

"이 오빠는? 내 전화로 직접 하면 되지 번거롭게 언니를 통해?"

"너한테 백 번 전화하면 백한 번 통화가 안 돼, 시키야!"

"헤헤헤!"

여 교수가 휴대폰 잃어버리기 세계 챔피언 채나를 구박했고 채나가 민망한 웃음을 뿌리며 휴대폰을 받았다.

채나는 여전히 전 세계 연예인 중에서 휴대폰과 매니저가 없는 단 한 사람이었다.

"저기, 김 이사님, MBS 김 본부장님이신데요!"

"그만 끊어! 또 나 찾는 전화야."

채나가 휴대폰을 여 교수에게 던졌다.

이것이 바로 채나가 몇 달 전 하고 확연히 달라진 점이었다.

어느 자리에서든 자신을 찾는 사람들과 아주 친절하게 통화를 했다.

거의 114 안내원 수준이었다.

채나는 어느새 노련한 정치가가 돼 있었다.

"모두 나갑시다. 우리 김 이사가 먼 길을 달려와서 흔쾌히 허락해 줬으니 내 밥을 사리다. 김 이사 좋아하는 한우 갈비로!"

잠시 후 성 회장이 박 총장을 대동한 채 다시 회의실로 들어왔다.

"헤헤헤, 고맙습니다, 회장님! 대신 이거……."

채나가 작은 병 하나를 구 회장에게 내밀었다.

"이게 뭐요? 김 이사."

"곰쓸개, 웅담(熊膽)이에요! 회장님 만수무강하시라고. 절대 가짜 아니에요. 러시아에서 곰 사냥 투어에 참가해서 제가 직접 잡은 놈이거든요."

"호오! 그래요? 러시아의 곰 사냥 투어에 관한 얘기는 많이 들었어요. 근데 곰 잡기가 보통 어려운 게 아니라던데요?"

성 회장이 진품 웅담이라는 말에 기광을 번뜩였다.

성 회장은 건강식품이라면 개똥도 서슴없이 먹었다.

"잊으셨어요, 회장님? 저 김채나예요. 강력한 15관왕 후보!"

철썩!

성 회장이 자신의 머리를 힘차게 때렸다.

"어허허헛! 맞네, 맞아! 우리 김 이사가 원래 세계적인 사격 선수였지!"

"으히히히! 지구 최고의 총잡이가 떴으니 러시아 곰 전멸 됐겠다?"

여 교수가 큰 덩치를 씰룩이며 변죽을 울렸다.

"뭐 전멸까지는 아니고, 두 번째 투어 참가했더니 참가비를 돌려주더라구. 달나라나 화성에서 가서 사냥질하래!"

"외계인이니까—"

"으하하하핫!"

여 교수가 추임새를 넣었고 성 회장 등 체육회 임원들이 그대로 뒤집어졌다.

"대체 맨 처음 투어에서 몇 마리를 잡았는데 그렇게 학을 떼냐?"

여 교수가 침을 삼키며 물었다.

"흥! 겨우 열세 마리 잡은 걸 가지고 그러더라구! 치사하게!"

"켁! 여, 열세 마리나 잡았어? 그거 다 어쨌어? 웅담, 웅장 등등!"

"〈블랙엔젤〉 스태프들 나눠줬지 뭐."

"아이고, 아까워! 아이고, 배 아파!"

"하하하하!"

여 교수가 코믹한 표정으로 배를 잡으며 외치자 성 회장 등이 대소를 터뜨렸다.

"야, 김 부회장! 넌 그래 하나밖에 없는 이 언니를……."

좌아아악!

채나 큰 가방을 열고 원탁 위에 거대한 곰 가죽을 펼쳐 놨다.

……!

회의실에 있던 체육회 임원들이 눈이 커진 채 펼쳐진 곰 가죽을 일제히 쳐다봤다.

"언니 거야."

"…이게 뭔데?"

"언니 폼 잡기 좋아하잖아. 손질 잘된 거니까 그늘에서 며

칠 말린 뒤에 응접실에 깔아. 아니면 코트를 만들어 입든
가."

"그, 그럼 이거 곰 가죽?!"

"응! 제일 큰 놈이야."

좌좌좌착!

여 교수가 세상에 태어나서 가장 **빠른** 동작으로 원탁 위에
놓인 곰 가죽을 쓸어 앉고 회의장을 **빠져**나갔다.

"나 집에 갔다 올게 채나야— 딱 십 분만 기다려!"

"하하하핫! 호호호!"

제주도에서 열리는 제83회 전국체육대회는 서울에 있는
체육회 사무실에서 흘러나오는 요란한 웃음소리와 함께 시작
됐다.

정치가 김채나의 진면목을 유감없이 보여주는 대회였고!

『그레이트 원』 7권에 계속…

말년병장,
이등병되다!

에바트리체 장편 소설
FUSION FANTASTIC STORY

대한민국 남자라면 알고 있을 바로 그 이야기!

『말년병장, 이등병 되다!』

전역을 코앞에 둔 말년병장, 이도훈.
꼬장의 신이라 불리던 그가 갑자기 훈련병이 되었다?!

"…이런 X같은 곳이 다 있나!"

전우애 넘치는 군인들의
좌충우돌 리얼 군대 이야기!

Book Publishing CHUNGEORAM

LORD

FANTASY FRONTIER SPIRIT

RAY 영주 레이샤드

SHADE

한승현 판타지 장편소설

저주받은 영지 아베론의 영주 레이샤드.
**열다섯 번째 생일날,
정체불명의 열쇠가 그의 운명을 바꾸었다!**

『영주 레이샤드』

시험의 궁을 여는 자, 원하는 것을 얻으리니!
시련을 극복하고 새로운 땅의 주인이 되어라!

레이샤드의 일대기가 시작된다!

Book Publishing CHUNGEORAM

유행이 아닌 자유추구 -
WWW. chungeoram.com